英雄失格者の
魔獣グル
maya mii
夜みい
llustration
ャルまろ

目の前の、高級感のある布には縦筋がついている。
空気を求めて息を吸うと、
布は生き物のように蠢《うごめ》き、「ひゃぅ」と悲鳴が、
………ひゃぅ?

「いいえ。私とレンは
魂で繋《つな》がった
生涯のバディ──」

「ちょっとあんた！
サリアなんとか！」
「「「修羅場だ……！」」」

サリア・アーキボルク
アマネ・シンフィールド

レン
「「「「女神に誓って！《ディア・シルヴェルフィーゼ！》」」」」
ルーシー・ハルクヴィル

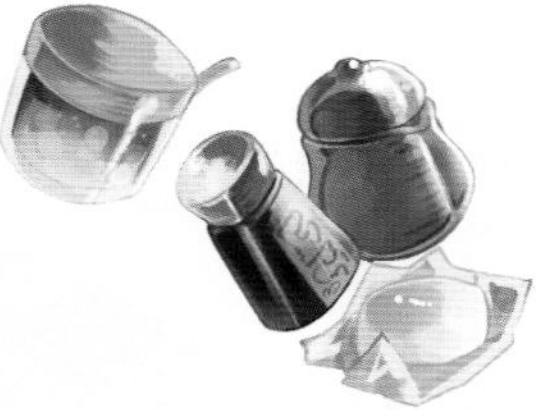

Contents

Eiyuu sikkakusya no Majuu gourmet.

英雄失格者の魔獣グルメ

山夜みい

講談社ラノベ文庫

口絵・本文イラスト／ファルまろ
デザイン／アオキテツヤ（ムシカゴグラフィクス）

◆序章　絶望の迷路

『レン坊ちゃまの料理は世界一ですよ！　ばあやはいつも、あなたの味方ですからね』

ばあやが笑ってくれる顔を見るのが、少年の心の支えだった。挫《くじ》けそうな時、辛《つら》い時、泣きたい時、いつだって彼女の言葉を思い出すと、身体《からだ》に力が湧いてきたのだ。

──自分の作った料理が捨てられたゴミ箱を見るまでは。

過去に何度も作った料理が捨てられているということは、まさか。

「侍従長、またあの出来損ないに夕餉《ゆうげ》を押し付けられたのですか？」

「ええ、そうなのよ」

廊下にいた少年──レンは弾《はじ》かれるように顔を上げた。ばあやの声だ。

ふらふらと使用人部屋へ近づき、耳をそばだてる。

「子守りも大変ですねぇ。レヴィアタン程度しか調理できない奴《やつ》の世話なんて」

「ほんとに嫌になるわ。あんな低レベルの魔獣肉……しかも『無色』の料理を食べさせられるのよ？　生ゴミを片づけるこっちの身にもなってほしいわ。この前なんか──」

電撃を喰《く》らったように身体が硬直し、全身から汗が噴き出してきた。足早にその場を後にしたレンの脳裏にばあやの笑みが浮かび、ひび割れ、音を立てて砕けていく。

愚かだった。馬鹿だった。信じるべきではなかった。

両親に冷たくされても、ばあやなら自分を受け入れてくれるなどと、おこがましいにもほどがあった。『無色』の料理を認めてくれる人なんて、居るわけがなかったのに！

子供のころはまだ夢を見られた。たとえ『無色』と蔑《さげす》まれようと、料理で誰かを幸せにできるのだと。いつか料理で大勢の人を幸せにできる人間になれるのだと希望が持てた。

だが、年を重ねていくにつれて夢が覚め、絶望的な現実を繰り返し突きつけられる。

お前にそんな夢を見る資格はない。その資格があるのは――

「サリア、十ツ星への昇格おめでとう。よくやったな」

他人に向ける温かな父の声が聞こえて、レンは立ち止まった。当主の部屋だ。先ほどと同じように扉の陰へ隠れる。そぉっと部屋を覗《のぞ》くと、父と従妹が向かい合っていた。

「それに比べ、うちの愚息は……とてもではないが、見るに堪えん」

「違う。おじさま、レンも頑張ってる」

「結果の伴わない努力など無意味。それが分からんから奴は子供なのだ」

がたりと、思わず力の抜けた膝が扉にぶつかり、父と従妹が驚いたようにこちらを見る。「あ、と……悪い」レンは舌をもつれさせながら、廊下を走りだした。従妹が自分を呼ぶ声がする。だが父の声はない。あぁ。やはり、自分は要らない子供なのだろう。

渡り廊下に出る。数十キロ先に見えた巨大な雷鳴獣が、レンに一つの決意をさせた。

◆

——ちょうどいい。あの魔獣を狩って、こんな家、出て行ってやる！


魔獣猟理人エヴァン・ハルクヴィルは頬に冷や汗を流した。

全長五メートルを超える雷鳴獣の叫びが大地を揺らし、空中に電撃が迸《ほとばし》っている。

「これは最果ての地の洗礼かい？　あと少しで着きそうなのに……やってくれるよね」

視界に閃光《せんこう》が弾け、彼は本能的に飛び退《の》いた。

空飛ぶ魔獣から放たれた電撃は、一瞬前まで居た地面を黒焦げにしている。しかし、エヴァンは臆さず前に出た。魔獣の目が届かない真下に潜り込み、手を掲げる。

「ヴェルネス流調理術式……『風包丁《アッシェ・バースト》』！」

エヴァンが放ったのは圧縮した空気で作られた無数の包丁だ。

数百におよぶ風の包丁は彼が魔獣猟理人として確立した術式の結晶。

またたく間に接近する包丁の嵐に対し、魔獣は同じ量の電撃を浴びせる。

——……バチバチバチィッ！

空気が爆《は》ぜる。爆風が吹き荒れ、丁寧に整えていた顎ひげを電気が焦がす。

チリチリになった顎ひげに触れたエヴァンはゆっくりと顔を上げる。

「グォオオオオオオオオオオオオオオオオオ！」

眼前、森を睥睨《へいげい》しながら空に羽ばたく魔獣の威容にごくりとつばを呑《の》んだ。

鷲《わし》の頭を持った鳥の翼は竜のような飛膜に覆われている。

全身に纏《まと》う瘴気《しょうき》混じりの雷撃を喰らえば人間など黒焦げになるだろう。

狩猟難度十ツ星《雷鳴獣》グリフォン。

本来なら数十人のパーティーを組んで挑む必要がある強敵だが、今のエヴァンには付き人一人いない。絶体絶命の状況の中、エヴァンはやれやれとため息をついた。

「最果ての地は一筋縄ではいかないと分かっていた。君と戦うことも想定はしてたよ」

エヴァンは懐から黒胡麻《くろごま》団子を取り出し、口の中に放り込んだ。胡麻と白あんの調和を楽しみながら咀嚼《そしゃく》すると、身体が黄色、蒼《あお》、若草色に発光し、魔力が湧きだしてくる。

「『電気抵抗強化、魔力増強、再生能力付与』……うん、我ながら美味《うま》い」

元は宮廷で腕を振るっていた身だ。由緒正しき学院で教壇に立っている以上、これぐらいできねば七ツ星の称号が廃《すた》る。そう奮起したエヴァンの変化を見て取ったのか、グリフォンは怒りの咆哮《ほうこう》をあげて突っ込んできた。

「ちぇ。もう気付いたか……しょうがない。全力で迎え撃つ！」

エヴァンが周囲のマナに干渉すると、ヒュォオオ……と大気が鳴き始めた。

轟々《ごうごう》と雲が渦を巻き、グリフォンの眼前に凄《すさ》まじい嵐を発生させる――！

「ヴェルネス流調理術式秘伝《ひでん》『宇宙包丁《ヴェルネス・ナイフ》』！」

グリフォンの全身を一撃で切り刻む、エヴァンのとっておきだ。

風の包丁を以《もっ》て魔獣の血管をすべて切断。瞬時に血抜きすると共に魔力のヴェールで魔獣を覆い、食材の鮮度を最高品質に保つ。それは動き続ける鳥の羽根を一枚ずつむしりながら包帯を巻いていくような、精密すぎる魔力操作を要求する。自然由来の味を追求するヴェルネス流で、この奥義を体得できるのは百万人に一人だ。

いかに十ツ星といえど、この一撃を受ければただでは済まないはずだった。

「グォオオオオオオオオオオオオオオオオオオ！」

しかし、あろうことかグリフォンは電撃を放つのではなく、身体強化に使ったのだ。

ただでさえ素早い巨体が、雷を纏ったことで目にもとまらない速さに変貌している。

せっかく身体に付与した電気抵抗も、これでは意味を為《な》さない。

ここまでか。エヴァンはおのれの死を悟り、最愛の娘の顔を思い浮かべた。

その瞬間だった。

「あんの、クソ、ババアァぁ――――――！」

疾風迅雷。

死を覚悟したエヴァンの前に、人影が割り込んできた。

大型包丁を振りかぶる少年は、グリフォンの突進を真っ向から受け止める！

「要らないなら要らないってハッキリ言えよ！　影で捨てんなっ、腹黒女がっ！」

「は？」

魔獣を止めるどころか、衝撃で巨体を浮かせるさまを見てエヴァンは目を見開く。

「こっちは、美味《おい》しく食べてほしかっただけなのにさぁ！」

地団駄を踏んでいるのは、黒髪黒瞳《くろめ》の少年だった。

年の頃は十六、七歳だろうか。細身ながら引き締まった体躯《たいく》で惚《ほ》れ惚《ぼ》れするほど美しい大型包丁を構えている。何よりエヴァンを驚かせたのは、少年がグリフォンの突進を受け止めてなお、微動だにしていない——どころか、よそ見する余裕もあることだった。

(五メートルを超える巨体だよ？　何キロあると思って……その突進を軽々と……！)

「き、君は一体……」

「あぁ⁉」少年は怒気を振りまきながら振り向き、エヴァンを見て表情を落ち着かせた。

「あぁ、俺はレン。近所に住んでた普通の子供だ。危ないところだったな、おっちゃん」

「いや絶対『普通の』じゃないよね⁉」

(ん？　待てよ。この子、レンって名乗ったよね……？　レンって、あ、あの⁉)

エヴァンの驚きをよそに、少年——レンは好戦的に口元を歪《ゆが》めた。

「とりあえず……おい魔獣野郎。悪いけど八つ当たりさせてもらうぞ」

「ちょ、待ちなさい！　いくら君でも、十ツ星相手に単身では……！」

グリフォンの電撃は危険だ。

まともに受ければ命はない。せめて魔食効果で身体能力の底上げを――

「遅すぎる」

レンの姿が消えた。

「……………………うそ、だろ」

エヴァンはもう何から驚いていいのか分からなかった。

電撃を超える速さで、レンはグリフォンの頭上に飛んでいた。

「俺の怒りを、喰らえぇぇぇぇぇぇぇぇ！」

くるくると回転しながら放たれた大型包丁が、グリフォンを一刀両断する。

――ぶしゅぅう！

噴水のように噴き出す鮮血を包丁で受け流しながら、レンは魔獣の首を切断。

続いて背中から、雨戸を開くように包丁を入れ、モモ肉や胸肉、内臓、電気袋などの大まかな部位に分けていく。レンが着地すると同時に、切り分けたそれらが降ってきた。

「終わりだ」

キン、と大型包丁を鞘《さや》に納めるレン。

直後、空中から大量の血が降り注ぎ、レンが着地ざま地面に空けた穴に入っていく。

ここまでわずか十秒。

「……いや、速すぎるだろ」

どんな魔獣を捌《さば》くにしても、これほど速い者は見たことがない。しかも空中で落下しながらの作業だ。驚くエヴァンにレンは「俺の愛読書によれば」と指を立てた。

「『誰でも出来る勇者の魔獣調理術・大型魔獣編。グリフォンの攻撃をまともに喰らったら死ぬから、あいつの攻撃は全部避けよう。ずだーん！　と切って、ばばばーん！　と叩《たた》いて、尾羽をびぃーん！　だ。この工程で電気袋も美味しく食べられるはずさ！』つまり、グリフォンは稲妻を走らせている時に筋肉を柔らかくするから、その時を狙って空中で尾羽を叩いて、電気袋の中身を空にさせた一秒の間に絞める。こうすることで電気袋を暴発させることなく、安全に解体ができるってわけだ」

「どういうわけだよ⁉　本の内容に君が言った言葉なんてあったかい⁉」

「ちゃんとあっただろ。おっちゃん、行間は読んだのか？」

「そんな読み方できるわけないだろ⁉」

解釈の仕方が新しすぎるし、それを実行できるのは世界に何人もいないだろう。大体、レンが尾羽を叩いたところをエヴァンは目で捉えられなかった。七ツ星の自分がだ。

「その本は僕も読んだことあるけど……そんな解釈する人、初めて見たよ……まったく。さすがはあの一族の出身といったところかな」

レンはピクリと眉を動かし、自嘲するような笑みを浮かべて脱力した。

「こんなこと、誰でもできる。こんなことができても……なんの意味もないんだよ」

「それは……どういう意味だい？」

問いを無視して羽をむしり取るレンの背中を見ながら、エヴァンは違和感を抱いた。

（おや……？　空気が変わった。これは、まさか瘴気が……）

「おっちゃん、獲物を横取りしたようで悪いけど、こいつの胸肉もらっていい？」

「ん。あぁ、もちろんだとも。それは君が狩ったものだからね」

「おっしゃ！　こいつの肉、長旅するにはもってこいなんだよ」

ふむ、とエヴァンはグリフォンの特徴を思い出す。

グリフォンの胸肉は魔力が豊潤で死後も細胞に魔力が巡っているため、適切な処理をすれば何年も味と鮮度を保てると聞く。どんな場所にも持っていける幻の一品だ。

ピリッとした独特の味と癖になるような歯ごたえがたまらないのだとか。

もちろん、エヴァンは食べたことがない。

「れ、レンくん。助けてくれてありがとう。自己紹介が遅れたけど、僕はエヴァン・ハルクヴィル。君は命の恩人だよ。そんな恩人にこんな頼みをするのは気が引けるけど……」

ぐう、とお腹《なか》が鳴るエヴァンの心を見透かしたように、レンは笑った。

「肉が欲しいんだろ？　いいよ。どれでも好きなだけ持っていきな」

「いいのかい⁉　グラム数百万リッカは下らない代物だけど⁉」

「良《い》いって。俺も八つ当たりできてスッキリしたしな」

「やったー！　あぁ女神シルヴェルフィーゼよ。この出会いに感謝します！」

「子供みたいにはしゃぐなよ……おっちゃんは大げさだなぁ」

穏やかなレンの笑みにエヴァンは心が温かくなった。そして予感する。

尋常ならざる実力を持ち、人好きのするこの少年なら、もしかしたらあの子を——

「あ、でもこの肉はできるだけ早く調理したほうがいいぞ。締めたてが一番美味いからさ。おすすめの食べ方は叩きだ。じゃあ、俺は行くから。またな、おっちゃん」

急いだように背を向けるレンを、エヴァンは慌てて引き止めた。

「ちょ、待ってよレンくん！　僕は君に会いに来たんだ！」

「はぁ？　俺に？」

レンは振り返り、訝《いぶか》しげに眉をひそめた。

「そういやおっちゃん、一族のこと知ってたな……依頼する相手なら間違えてるぞ。然《しか》るべき手続きを踏んで、俺以外のやつに依頼しろよ。俺はもう、あの家とは関係ないから」

「やだよ。僕は君に会いに来たんだ。まさか家に行く前に会えるとは思わなかったけど」

怪しいやつを見るような目のレン。エヴァンは言葉を選ぶように言った。

「えっと……僕には来年、魔獣猟理学院への入学を控えている娘がいるんだけど、彼女にはまだバディが居なくてさ……父として、できるだけ実力のある相手をつけてあげたい。

そんなとき、僕はとある筋から君の話を聞いた。実際に見て確信したよ。その実力なら申し分ない。君は娘と同い年くらいだし……娘のバディに、ぜひどうかな？」

「俺のことを聞いた……『無色』のこともか？」

「聞いた。その上で君がいいと思ったんだ。愛《いと》しい娘のためにもね」

「娘のために最果ての地まで俺なんかをスカウトか……娘思いなんだな。おっちゃん」

エヴァンは顔を輝かせた。

「分かるかい？　娘はそりゃあ可愛《かわい》くてね！　父親だけで苦労させてきたんだけど、とてもいい子に育ってくれたんだ。娘の手料理を食べた僕の気持ち分かる？　この前なんか」

「でも悪いな、無理だ。つーか、今のも皮肉だし。気付けよ」

「え」温度の低い、自嘲するような言葉にエヴァンは硬直した。

「どうしてか、聞いてもいいかい？」

「俺はもう、猟理人の道は止《や》めた……止めることにしたんだ」

「でも、君には実力が――さっきだって、雷鳴獣《グリフォン》を狩ってたじゃないか！」

「これは……家から見えて、ちょうどいいと思ったから。俺、家出したとこなんだよ」

「長旅ってそういう……！　じゃあ尚更《なおさら》うちにおいでよ！　行くところないでしょ？」

「だからぁ！　俺はその道は止めたんだって、何度言えば――――！」

「レン――――！」

突如、上空から声が響いてきた。

見れば、魔法で空中に氷の橋を作った少女がこちらに向かって走っていた。

「ちッ。悪いけどここまでだ。追いつかれないうちに俺は行く。元気でな、おっちゃん」

魔獣肉を鞄《かばん》に入れ、レンは地面を蹴った。

エヴァンは制止の声をかけようとして、やめた。待てといっても聞きそうにない。

「海産調理都市クルーエル！」

ならば信じて、伝えよう。

「ガリア王国の東にある海辺の街だ！　一年後の今日、僕はそこで君を待っている！」

レンの背中はどんどん遠ざかっていく。それでもエヴァンは叫んだ。

「学院の門を叩く時に僕の名前を伝えるといい！　話は通しておくから！」

レンの姿は見えなくなった。それでも、エヴァンは彼方《かなた》に届けとばかりに叫んだ。

「待っているよ、レンくん!!」

おのれの叫びが残響となり、彼方の世界まで染み渡っていく。

ぽつんと、森の中に残されたエヴァンは荒くなった息を整えた。

「ほんの少し話しただけだ。でも、僕は来てくれると信じているよ」

エヴァンは料理の話をするときのレンを思い出し、ひとり呟《つぶや》いた。

「だって、レンくん。君は――」

そして一年が過ぎた。

◆第一章　最果ての旅人

優しく肌を撫《な》でる風を感じながら、レンは丘の上の景色に目を奪われていた。

丘の中腹から海岸線にかけて石灰を塗った白い街並みが広がっている。蒼《あお》い屋根は陽の光を受けて眩《まぶ》しいほど輝いていて、海岸線に沿うように、巨大な建物が聳《そび》え立《た》っていた。

「ここが……海産調理都市クルーエルか」

街の中はたくさんの人が行き交っていた。そこかしこから魚貝の焼けるいい匂いや、漁師の騒ぎ声、酒場で盛り上がる人たちの声が聞こえてくる。

(うわ、あれミルク鯨《くじら》の肉か⁉　うまそー！)

思わず駆けだしたくなる衝動を抑えつつ歩いていくと、やがて噴水広場についた。

「……」

大型包丁を背負った男の像がある。三百年前、人族と魔族の戦いで深刻な食糧不足に陥った世界を救った勇者であり、魔獣料理を提唱した、世界で初めての魔獣猟理人。

彼が魔獣料理を広めるまで、魔獣は喰《く》えるようなものではなかった。

魔獣は人々の負の思念に汚染されたマナ——瘴気《しょうき》を取り込み、暴走した獣たちの成れの果てだからだ。瘴気に汚染された魔獣を喰えば、必ず心身に何らかの障害を起こす。

その解決法を提示した上で、狩猟と調理を両立し、猟理人の概念を作った勇者には尊敬の念を覚える。

「まさかあんたが作った都市に来るなんてな……一族の奴《やつ》らに知られたらどうなるか」

ブル、と身震いしたレンはそそくさとその場を後にする。

目的地にはすぐに着いた。街の中心にある、城のような巨大な建物だ。

クルーエル魔獣猟理専門学院。

事前に調べた話によれば、この学院は国際魔獣料理連盟《ユニオン》から魔獣料理を教える許可を得た世界初の教育機関で、多数の有名猟理人を輩出してきた由緒正しき学院らしい。魔獣料理を教える学校は他にあっても、その歴史と実績に惹《ひ》かれて大陸中から人が集まっているのだとか。それだけに、石畳の道には制服を着た生徒たちがたくさん行き交っていた。

学《まな》び舎《や》に通ったことのないレンにはあまりに新鮮で、つい周りを見ていると――

「どいてどいてどいて――！」

「ん？　うぉ⁉」

荷車を引いた女が牛のように走り、人波を割ってレンのところへ突っ込んできた。

周りに気を取られていたレンは、咄嗟《とっさ》のことに反応できない――

「うわぁ⁉」

「きゃぁあああああああ⁉」

甲高い悲鳴。視界がぐるぐる回り、身体《からだ》がふわりと浮く感覚があって、背中に衝撃。

肺が圧迫されたレンはうめきながら目を開ける。

「いっづぅ……一体、何が」

「…………っ」

マシュマロのような柔肌に頭を挟まれていた。目の前の、高級感のある布には縦筋がついている。空気を求めて息を吸うと、布は生き物のように蠢《うごめ》き、「ひゃぅ」と悲鳴が、

……………ひゃぅ？

そこでレンは我に返った。今、自分は仰向けに転がっている。そこまではいい。

問題は、顔の上に誰かが座っていることだ。

息苦しさを感じながら視線を上げると、金髪碧眼《へきがん》の綺麗《きれい》な女が居た。

年の頃は十七くらいだろうか？　張りのある肌に、たわわな果実が胸元に実っている。

息を呑《の》むほど美しい彼女の顔は鬼のように怒り狂っていた。

レンの顔が、彼女の太ももの間に挟まっているからだ。

「あ、あんたねぇ……っ」

「ふぇっと……ふぉちらさま？」

「どちらさま？　じゃないわよ、この変態がぁあああああああッ！」

「がッ!?」

女の膝が弧を描き、顎に強烈な衝撃を受けたレンは為すすべなく蹴飛ばされた。

どうにか体勢を整えると、女は柳眉《りゅうび》を逆立て、座り込むレンに指を突きつける。

「乙女の下着に顔をうずめただけじゃなく、しらばっくれるって⁉　信じらんない！」

「そんなに怒るなよ……わざとじゃないし。悪かったって」

「全然反省してないわね、あんた……！　どうしてくれようかしら……！」

一歩踏み出した女にレンは身構えた。女が何か言おうとしたその時だ。

カーッン……カーッン……と、断続的に鐘の音が鳴り響いた。

その音で女は顔色を変え、「あ、いけない！」と荷車を持ち上げた。

「早くしないと授業に遅れちゃう！　ていうか鮮度が……あぁもう、早くしないと！」

そんなことを叫びながら、女はそそくさと去って行った。

女の姿が完全に見えなくなり、レンは脱力した。

「はぁ――……なんだったんだ、一体」

「あの……大丈夫ですか？」

後ろ頭を掻《か》いていると、制服を着た女の子が手を差し出してくれた。

桃色の髪をした可憐《かれん》な少女である。レンはホッと息をつき、差し出された手を取る。

「ありがとう。あんたは優しいな。あいつと違って」

「いえいえ。うちのルーシーさんがご迷惑おかけしました。怪我《けが》はありませんか？」

「怪我はないけど……ルーシーっていうのか、あいつ」

可愛《かわい》い名前にしては激しい気性だ。できれば二度と会いたくない。

「あなたは、見慣れない顔ですけど……」

「俺はレン。今日から学院へ働きに来たんだ。知り合いから頼まれてさ」

「あ、そうでしたか。じゃあ、今日からよろしくお願いしますね」

「うん。よろしく」

花が咲くように笑った彼女はつつましい胸に手を当てて、

「申し遅れました。わたし、アマネ・シンフィールドと言います」

「ん、よろしくな」

「はいっ」

二人は校舎への道すがら話をした。

「あんたは急がなくていいのか？　もうすぐ授業なんだろ」

「わたしは昨日のうちに仕込みを終えているので、大丈夫ですよ」

「そっか。優秀なんだな」

そう言うと、アマネは翠玉色《エメラルド》の目を伏せ、ふるふると首を横に振る。

「逆です。この学院では授業で使う魔獣を自分で調達しなきゃいけないんですけど、わたし、戦うのは苦手で……優秀じゃないから、鮮度が必要のない食材を選んでいるんです」

「ふーん。……自分の力と向き合ってるってのは、それだけで優秀だと思うけどな」

そう言ったレンにアマネはきょとんとして「ありがとうございます」と笑った。

「そうだ。何かの縁ですし、これ良かったらどうぞ」

はい、とアマネが鞄《かばん》から取り出したのは、手のひらサイズの大福だ。

見たところ中にフルーツが入っているようで、生地の中は黄色がかっていた。

「わたしの手作りです。自信作なんですよ」

「おー。じゃあ遠慮なく」

大福をひと噛《か》みすると、果汁が口の中に飛び出してきた。これは――オレンジだ。

オレンジの甘みが口いっぱいに広がり、白あんが酸味をほどよく包み込んでくれる。

「おぉ、美味《うま》い。オレンジの食感もいいっ！」

「ほんとですかっ？ よかったぁ」

あっという間に平らげてしまった。嚥下《えんか》した瞬間、黄色い光がレンの身体を包み込む。

驚くレンに、アマネは悪戯《いたずら》に成功した子供のように笑った。

「ふふ。眠気覚ましの魔食効果を付与しています。朝にはちょうどいいでしょう？」

「あぁ、身体がシャキッてするな。ちょっとびっくりしたけど」

魔食効果。これこそ魔獣料理が大きく発展してきた理由だ。

普通の料理と違い、魔獣料理は食材の組み合わせや分量次第で多様な効果を発揮する。

一時的な魔力の上昇や身体能力の強化はもちろんのこと、魔獣が持っていた特徴を引き継げるのだ。再生能力であったり、火を噴く能力、あるいは爪を自在に伸ばしたり……。

国によっては優秀な魔食効果を付与できる猟理人に爵位まで与えていると聞く。

魔食反応は一色だけだが、学院の生徒とあってアマネの魔食効果は質が高い。

「ありがとう。身体がいい感じになったよ。これで学院長と会っても緊張しなそうだ」

「えへへ。それは良かったです。じゃあ、わたしは授業があるので失礼しますね」

「あぁ、またな」

ぺこりと会釈するアマネと別れ、レンは守衛室で許可を得て校舎の中を歩いていく。

一時限目の授業だろうか。そこかしこで座学や実習の激しい音が聞こえてくる。

ガンッ！　ドンッ！　ダダダダッ！　と暴れる魔獣を鎮めるような音まで響いていた。

――へぇ。活〆《いけじめ》まで教えてんのか。やっぱレベル高いんだな、ここ。

さすがは歴史ある学院なだけある、と素直な感想を抱くと、

「こぅらハルクヴィル！　また魔導オーブンをダメにしやがったな⁉」

「ち、違うのよ先生。これは魔食効果を七つくらい付与できないか工夫を……」

「馬鹿者っ！　絶対に無理な工夫をする前に備品を壊さない工夫をしろ！」

――まぁ、なかにはどんくさい奴もいるみたいだけど。

生徒の数が多ければそんなこともあるだろう。無謀でも挑戦するのはいいことだ。

それから三十分ほど歩いて、レンは校舎の様子を見ながら学院長の部屋へたどり着く。

趣《おもむき》ある扉の前で一度立ち止まり、深呼吸してから扉をノックする。「どなたかな？」と聞こえた声に用件を伝えるといきなり扉が開かれ、

「やぁ、レンくん！　一年ぶりだね。来てくれるって信じていたよ！」

満面の笑みを浮かべたコック服の男が出てきた。

レンが命を助けた男であり、七ツ星猟理人のエヴァンだ。

レンは部屋に入らないまま、ぽりぽりと頬を掻く。

「あー、久しぶり。おっちゃん……いや、エヴァンさん？」

「はは。好きに呼びたまえ。あぁ、敬語は要らないよ。君は恩人なんだし」

それで、とエヴァンは目を光らせた。

「ここに来たということは、娘のバディを引き受けてくれるということかな？」

「……」

レンは彼と別れた時のことを思い出し、苦い顔をした。

あの時はかなり強く断った手前、ここにいるのは少しばつが悪い。

「……ここに来たのは、あれからいろいろ調べたからだ。おっちゃんや、学院のことも」

「ふむ。それで？」

「サリアから聞いた。あんた、親父《おやじ》と知り合いなんだろ？」

「うん。そうだよ」

あっけらかんと頷《うなず》いたエヴァンにレンは視線を鋭くする。

「なら、俺が実家でどういう扱いを受けていたかも知ってるよな？　それなのに……」

「一年前も言ったろ？　それでもだよ。それを加味しても、君がいいと思ったんだ」

「……」

聞く者が聞けば気持ちのいい言葉だ。しかし、レンは頷かなかった。

人は簡単に嘘《うそ》をつく。信じていたばあやに裏切られた傷は簡単には癒《いや》せない。

（けど、そろそろ仕事見つけないと貯金もないしな……）

懐の寂しさに泣きたくなる。

この一年、大陸中を旅して回ったが、まともな仕事は見つからなかった。

また魔獣料理と関わることに抵抗がありつつも、もはや宿に泊まるお金もない状態だ。

「……依頼を引き受けてもいい。けど、二つ条件がある」

「言ってみたまえ」

「一つ。俺は雇われるだけだ。正式にバディを組むわけじゃない。もし俺以上の――」

「もしも君以上の適任が見つかったらすぐに辞めると。うん、構わないよ」

「……二つ。実家のことは誰にも言わないこと。周りに知られると面倒だ」

「分かった。女神シルヴェルフィーゼに誓おう」

「……ん。それなら、契約成立ってことで」

エヴァンははじける笑顔でレンの手を取り、嬉《うれ》しそうに飛び跳ねた。

「君なら引き受けてくれると信じてたよ！　ね、言った通りでしょ学院長⁉」

「私は君がいつになったら私の紹介をするのかと思っていたよ。ハルクヴィル子爵」

エヴァンが身体をどかすと、高級感のある椅子に座った綺麗な女性が見えた。

紫色の髪をした女だ。学院長室で執務机に座っているということは。

「初めまして、少年。学院長のオフィリア・フォン・ベルゼスだ。君のことは聞いている……が、噂《うわさ》以上に良《い》い身体をしているな。その歳でよくぞそれほど……感心するよ」

「どうも」

「学院長、彼は合格ですよね？　ね？　うちで雇ってもいいですよね？」

食いぎみに話に割り込んできたエヴァンである。

上司の話を遮った部下に学院長――オフィリアは仕方なさそうに笑った。

「あぁ、合格だよ。一目で実力も分かった――少年。君が要求した条件を呑もうじゃないか。ハルクヴィル子爵同様、学院も君の実家のことは秘密にすると誓おう」

「……それはありがたい」

どうやら先ほどまでのエヴァンとの会話は面接を兼ねていたらしい。

実家のことを知っているとはいえ、見も知らぬ人間を雇う学院ではないということか。

「ようこそクルーエル魔獣猟理専門学院へ。歓迎するよ」

合格だと判子を押されたレンが肩の力を抜くと、オフィリアは愉快そうに笑った。

「にしても、君は腕が疼《うず》かないか？　ここは世界中の食材が集まり、同世代の腕利きたちがしのぎを削る至高の戦場。魔獣猟理人として、ライバルにはこと欠かないぞ？」

「良いよそんなの。俺、もうその道は止《や》めたから」

軽い調子で肩を竦《すく》めたレンをオフィリアはじっと見つめ、「まぁいい」と話を続ける。

「これにて面談は終了だ。エヴァン。君の娘を紹介してやるといい」

「了解しました……あ、ちょうど来たようです」

カァーン、カァーンと一時限目の終了を告げる鐘が鳴り響く。

レンは学院長室に隣接する部屋に気配を感じた。こんこん、と扉がノックされる。

「時間ぴったりだね。入っていいよ、我が愛しき娘《マイ・リトル・レディ》！」

「し、失礼します」

緊張した声音で扉を開けたのは貴族のような令嬢だ。

思わず見惚《みと》れてしまいそうな空色の瞳に、艶のある白い肌。

お日様のような金髪をさらりと掻きあげ、彼女は居丈高に言い放つ。

「ハルクヴィル家の娘。ルーシー・ハルクヴィルよ！　あんたが助手ね。言っておくけど、あたしを手伝うからには一切手抜きは許さないから、覚悟しな……って」

目が合い、二人の声が重なった。

「「あ」」

お互いに指を持ち上げ、目を見開いた彼女は叫んだ。

「あんた、さっきの変態！」

「さっきの言いがかり女！」

「なんですって⁉」

言い合う二人を見かねたエヴァンが「ふむ？」とおどけたように、

「なんだ、君たち。知り合いだったのかい？　運命の再会かな？」

「違うわ！　あたし、あいつに襲われたの！　この変態野郎、下着に顔を突っ込んで匂いを嗅いできたのよ！」

「……本当かねレンくん？　もし本当ならタダじゃおかないが？　百回死刑だが？」

「違うに決まってんだろ」

レンは呆《あき》れながらエヴァンに事情を話した。

「ふむ、なるほど。我が愛しの娘《マイ・リトル・レディ》が始業ギリギリに荷車を走らせて食材を運び込んでいたところに運悪く君が衝突し、運命の導きでそうなったと、そういうわけだね？」

エヴァンは首を傾《かし》げ、

「それって君が悪いんじゃないのかい？　ルーシー？」

「そ、それは……おとーちゃん、どっちの味方なの⁉」

「僕はいつだって君の味方だよ。だからこそ娘の間違いは正さないとね」

ぐっ、と言葉を詰まらせたルーシーは、エヴァンの後ろへ避難するレンに指を向ける。

「ちょっとあんた、なにおとー……お父様に告げ口してんのよ、卑怯《ひきょう》よ⁉」

「正面から言ってるから告げ口じゃねぇだろ。これは告発で、そしてお前は有罪だ」

「推定無罪を主張するわ！」

「どうみても有罪なんだが⁉」

「せからしか！　あんた男でしょ、大人しくお縄に――」

「ルーシー・ハルクヴィル」

ピシ、と空気が凍った。

オフィリアは口元に冷たい笑みを作り、髪をかきあげる。

「静かにしなさい。私もそれほど暇ではないんだ」

「は、はい。申し訳ありませんでした」

「うむ。では、紹介しよう。彼がこのたび君の猟理人助手となる少年――レンくんだ」

ルーシーは頬を引きつらせながら後ずさる。

「こ、こんな変態が助手……？　そんなの……」

「嫌か？　しかしルーシー。君は彼以外に組む相手が居るのかね？」

ぎく。と痛いところを突かれたようなルーシーに学院長は続ける。

「君が組んだ相手は五人いるが、五人ともバディの解消を申し出ている。既に噂は広がり、『暴姫《タイラント・クイーン》』などと揶揄《やゆ》されている君と、バディを組む相手はいないだろう。我々も困っているのだ。猟理人は二人一組でバディを組むのが国際魔獣料理連盟の規則で、それは学院でも同じ。バディがいない君をいつまでも持て余すわけにはいかないのだよ。どれほど才能にあふれていても、このままでは退学――」

「そ、それはもっと嫌だわ！　死んでも嫌だわ！」

「そうだろう。そこでだ。私に提案がある」

オフィリアはにやりと笑った。

「少年。君は魔獣猟専門でルーシー嬢をサポートしたまえ。つまり、狩猟は君の領分、他の調理に関してはルーシー嬢が行うということだ。プロでも役割分担を行う者もいるし……これなら、仲の悪い君たちができるだけ関わらずに互いの力を発揮できると思う」

「それ、組む意味あるんですか。大体、そんなの俺じゃなくても……」

「バディの形は人それぞれだよ、少年。もっとも、共に修羅場を乗り越える二人は特別な関係になることも多い……君たちがどういう関係になるのか、今から楽しみだな？」

二人は自然と顔を見合わせるが、互いの温度は冷めていた。

「ハッ！　この変態と特別な関係？　死んでもありえないわね」

「それはこっちの台詞《せりふ》だ。誰がお前なんか」

「なんですって⁉」

不毛な言い争いが始まるも、先ほどの注意を思い出したのかルーシーはすぐに大人しくなった。彼女は諦めたように肩を落とし、深く長い息をつく。

「……はぁ。こんなのと大会に出るなんて。もっとマシな奴は居ないのかしら」

「大会……もしかして、世界魔獣料理大会《フェスタ》のことか？」

首を傾げたレンにオフィリアが「その通りだ」と首肯した。

世界魔獣料理大会《フェスタ》は十年に一度、世界中の猟理人が集まって頂点を決める女神主催の大会だ。優勝した者は『女神の猟理人』と呼ばれ、何でも一つだけ願いが叶《かな》うのだとか。

「でもそれって生徒が出られるんですか？　あれ、免許が必要だったような」

「普通ならそうだが、伝統ある当学院では免許を持たない生徒にも出場枠が与えられているんだ。とはいえその数にも限りがあるから、近々生徒だけで選抜戦を行おうと思っている。ルーシーは座学で好成績をおさめているから挑戦権があってね。二週間後、君には彼女と一緒に選抜戦に出てもらいたい。派手に暴れることを期待するよ」

猟理人を志していれば一度は出場を夢見る、超がつくほど有名な大会だ。

一年間旅をしていたレンでも近々開催されることが耳に入るほど。

ルーシーが不審そうな目で言った。

「お願いだから、足だけは引っ張らないでよね。あたしに恥をかかせないで」

「さっき授業で魔導オーブンを壊してたくせに、偉そうに言える立場かよ？」

ぎくッとルーシーの肩が跳ね上がった。

「なんでオーブンのこと知ってるの⁉　もしかして見てたの？　このストーカー！」

「ここに来る途中、聞こえてきたんだよ。『こぅらハルクヴィル！』ってな」

「ルーシー……またオーブンを壊したのか」

「うぐ」

オフィリアの唸《うな》るような声にルーシーは言葉を詰まらせた。言うまでもなく魔導オーブンは高級品だ。由緒正しき学院であればそれなりに良いものを使っているはず。

「これで三度目だ。次にやったら実費負担してもらうぞ」

「はい……ごめんなさい」しゅん、と項垂《うなだ》れたルーシーをレンはじっと見つめる。

世界魔獣料理大会《フエスタ》は現役のプロや十ツ星の猟理人が出る大会だ。

「……この学院もレベルが高そうだし、今のままじゃ、出場枠を勝ち取るのも無理だな」

思わずそんな声を漏らしたレンに、ルーシーは顔を上げ、堂々と胸を張った。

「ふん。あんたがどう言おうが関係ない。あたしはあたしの力を信じる。それだけよ」

ルーシーはきっぱりそう言って「失礼します」と学院長室を後にした。

ばたん。と彼女が消えた扉を、レンは呆然と眺めた。

授業中に魔導オーブンを壊すくらいだ。彼女の実力はそれほど高くないはず。

それでも出場を目指すとは、よほどの馬鹿なのか、あるいは大物なのか……。

(なんであいつは……あんなふうに……)

「ルーシー嬢が気になるかね？　それとも腕が疼《うず》くか、少年？」

「……さぁね。そんなことより、仕事内容についてもっと説明してくださいよ」

ニヤニヤ笑うオフィリアを冷たく突き放し、レンは学院の説明を受け、職務契約書にサインした。雇い主はルーシーになっている。学院側は仲介役といったところか。

嬉しそうに頬を緩ませるエヴァンに、レンは湧き上がってきた疑問を伝えた。

「おっちゃん。なんで俺が来るって思えたんだ？　来ない可能性だってあったのに」

「んー？　そりゃあ、信じていたからさ」

「何を？」

「君を。そして僕自身の目をね」

釈然としない答えだったが、これ以上追及しても意味はないだろう。

言葉通りの意味かもしれないし、既に賽《さい》は投げられたのだ。

「……ま、どうせすぐ意見も変わるだろうし、それまで頑張るとするさ」

期待しているよ。去り際、そんな声が聞こえた気がした。

◆

「あれが君の話していた男……『無色』のレンか。なるほど、逸材だ」

静まり返った学院長室、生徒が居なくなった室内で二人の教育者は語り合う。

「研ぎ澄まされた刃のような魔力《オーラ》。一分の隙もない佇《たたず》まい、鍛え上げた肉体……どれも尋常から逸脱している。あれで『無色』とは……興味深い。一度、測定眼《そくていがん》で見てみたいな」

「ふふ。そうでしょう。命を懸けてスカウトした甲斐《かい》があったというものです」

「一年越しの約束をよく信じられたものだ。私なら諦めて別の男を探すがね」

呆れたような学院長の言葉にエヴァンはくすくすと笑う。

「信じていました。グリフォンを解体する彼の姿を。彼は――根っからの猟理人だ」

そう言ったエヴァンだが「とはいえ」と困ったように頭を掻いた。

「ぶっちゃけ、ホッとしたのが正直なところです。最近、街の外壁を乗り越えて侵入してくる魔獣は後を絶ちません。僕だけではそろそろカバーしきれないところでした」

「……魔獣を引き寄せる厄介な体質、か。確かに、彼がそばにいてくれればルーシー嬢の安全は確保されたも同然だな」

「はい。僕は信じています」

エヴァンはきっぱりと言い、そして笑った。

「きっと彼なら――ルーシーを救ってくれるのだと」

◆

学院長室前の廊下は静けさに満ちていた。

ばたん、と後ろ手に扉を閉めたレンは肩の力を抜き、「ふぅ」と息を吐く。

すると、

「遅いッ！」

「ん？」

鋭い叱咤《しった》の声が聞こえて、レンは振り返った。

見れば、壁に背を預けたルーシーがむっとした表情でこちらを見ていた。

「なんだお前か。もしかして待ってたのか？」

「なんだじゃないわよ。何してたの？　遅いじゃない」

「契約書とか、いろいろとな。大人には面倒な手続きがあるんだよ」

「あんた、あたしと同い年でしょ。知ってるんだからね」

「……なんで知ってんだよ。っていうか待ってたのか？」

「～～っ、あ、当たり前でしょ！　あたし、いちおうあんたの雇い主なのよ。明日からの調達のこととか、ちゃんとしておきたいわ。別に、どんな人か気になって調べたわけじゃないから！　ほんとなんだから！　一年前から楽しみにもしてないから！」

「はいはい分かってる。食材の調達係がいなくて不安だったんだろ」

「分かればいいのよ」

豊かな胸をたぷんと揺らし、腕を組む彼女にレンは肩を竦《すく》めた。

ここ、クルーエル魔獣猟理専門学院では、授業に使う食材の調達も生徒に任せている。

もちろん野菜や調味料など、作るのにある程度時間がかかるものは学院が用意するのだが、魔獣食材については自己調達が基本だ。とはいえ、ひとくちに調達といっても市場での買い付けや生徒間のシェアも含まれているため、仕事の手法は多岐にわたる。

「言っておくけど、ヴェルネス流は鮮度が命だから、前日調達なんて許さないわよ。ちゃんと新鮮なやつじゃなかったら張り倒すから。明日から大丈夫でしょうね？」

「問題ない。てかお前あれか。ヴェルネス流なのか。自然由来の味を追求するっていう」

「ええ、そうよ。特にここは海産調理都市。魚貝は鮮度が大事だし、獲《と》れたてが一番！」

「熟成とか昆布締めとかいろいろやりようは……まぁいいか。俺は雇われだし」

「それで」とレンはルーシーの目をまっすぐ見つめ、ぐい、と顔を近づけた。

じろじろと、上から下まで舐《な》めまわすように見る。

「八十九、六十三、九十一」

「へ……なにを…………あ、まさか⁉」

ルーシーがハッと身を守るように肩を抱いた。

構わず、レンは彼女の身体を上から下まで眺める。

「うん、太ももの肉つきが良い。普段から走ってるだけじゃなく、肉類は抑えめにしてるな？　肌の艶もいいし、必須脂肪酸は充分に取ってるように見える。それから……」

「ま、待って。さっきの数字、あたしのスリーサイズよね⁉　なんで知ってんの⁉」

「そんなの見りゃ分かるだろ」

『誰でも出来る勇者の魔獣調理術・基礎編。狩猟において一番大切なのは観察眼だ。狩り対象の生態、生息地、好き嫌いをすべて把握することで狩猟をスムーズに運ぶことができる。一流の猟理人になりたい人は観察眼を鍛えよう！　具体的にどうするのかって？　そうだね、まずは女性のスリーサイズを当てるところから始めたらどうかな？』

愛読書の内容を心の中で暗唱しつつ、レンはルーシーの瞳を覗《のぞ》きこむ。

「助手として雇われるにあたって、雇い主の健康状態を把握するのは当然だろ。身体を見ればどんなものを食べているか分かるけど、心の中までは分からない。だから聞くが、お前、得意な魔獣料理はなんなんだ。魚肉系か？　獣肉系か？　それとも植物系か？　いや、昆虫系か魔酒系の線もあるな。いや、女子だしスイーツ系か？　肉系はそんなに食べてないだろうけど、好きなものはなんだ。ちなみに俺は辛い物が好きで舌が痺《しび》れるような魔獣肉が好きだ。特にアイスリザードの舌は最高だな。あれにエルブレッサの唾液と胡《こ》椒《しょう》をかけて食べるのが好きなんだが熱いものと冷たいものを一緒に食べるって格別だよな。ちなみにシーサーペントを冷凍させて薄切りにしたやつを――」

「近い近い近い！　あんた近すぎるんよ、キモい！　ウザい！」

「きも……うざ……!?　いや、おい。そこまで言わなくても……」

言葉の刃に切り裂かれ、レンは胸を押さえながら後退《あとずさ》った。

距離の詰め方が下手と言われることはあるが、さすがに言いすぎではないか。

言い返そうとするレンに、しかし、ルーシーは怒り顔だ。

「得意料理なんて、どうしてあんたにそんなこと言わなきゃいけないわけ？　あんたはただ、言われた通りに食材を調達してくればいいのよ。そしたらなんの文句もないわ」

その表情には、こちらに対する不審感がありありと現れていた。

何言ってんだこいつ、とレンは思った。

「あほか。自分の強みを活《い》かした食材使わなきゃもったいねぇだろ」

「え？」

「お前が言ったんだぜ？　足だけは引っ張るなって」

「う。それは、確かに……」

「俺は、やるからには真剣にやる。だからお前の好みを教えろ。嫌いなもの、苦手なもの、お前に関することは全部知りたい。スリーサイズも好き嫌いも趣味趣向も全部」

レンはくい、とルーシーの顎を持ち上げ、じっと目を見つめる。

「さぁ教えろ。お前の得意なものはなんだ。陸上魔獣か海生魔獣か、肉食か草食か……」

「だから近いって言ってんのよ、この変態‼」

「ぐヘッ⁉」

張り手が炸裂《さくれつ》し、勢いのあまり背中から倒れたレンはじんじんと痛む頬に手を当てた。

幸い歯は折れていないようだ。ホッと顔を上げると、ルーシーは腰に手を当てた。

「あのね、変態。どうせ短い付き合いになるんだから、わざわざ好みも手の内も教えなくていいでしょ。いいから言われた通りしなさい。あんたに望むのはそれだけよ」

言葉を途切れさせ、ルーシーは消え入るように俯《うつむ》きながら目を逸《そ》らした。

「どうせ、あんたは雇われ――そのうちあたしを捨てて、どっかに行っちゃうんだから」

「あ？　何を言って……」

「なんでもないわよ。とにかく、そういうことだから」

一方的に話を打ち切ったルーシーにレンは口を開きかけたが、彼女がそれ以上話そうとしないのを見て追及を諦めた。ともあれ、聞くことは聞いておかねば。

「なぁ、明日はどこに、なにを、いつ調達しに行けばいいんだ？」

ルーシーはうんざりしたようにため息をつき、調達表を押し付けて去って行った。

ルーシーと逆方向に歩きながら、レンは調達表を眺めた。この紙には各授業で使うための食材一覧と、ルーシーが受ける授業の日程が書かれている。

「へぇ。学院の一年で習う授業計画《カリキュラム》ってこんな感じなのか……」

この学院は三年制で、二年かけて基礎課程を学んでから三年目で魔獣猟、魔獣調理の二つの専門課程に分かれる。ルーシーは一年生の二学期で、基礎を学んでいる最中だ。

「まぁ調達する食材は分かったけど……あいつの得意料理が分かんなきゃ意味ないだろ。ただ指示されたものを調達するってだけなら俺じゃなくてもいいわけで……」

「うーん」とレンが頭を悩ませた時だった。

「あれ？　あなたは……」

「ん？」と顔を上げれば、桃色の髪をした少女が首を傾げていた。

「あ。朝の……シンフィールドさんだっけ」

「アマネでいいですよぉ。なんか堅苦しいです」

「ん。アマネはこんなところで何してるんだ？」

「購買へ昼食を買いに行こうかと。お昼に行くと混むので今のうちに……レンさん知ってます？　この学院のふわふわシープは最高なんですよ！　ぜひ、食べてみてください！」

「それって確かお菓子の名前じゃ……あの、白くてふわふわしてる甘いやつだよな？」

「はい。お菓子はお昼ご飯ですよね？」

「…………あー、うん。そうかもな」

まぁ食の嗜好《しこう》は人それぞれだしな。そう付け足すと、アマネはぱぁと顔を輝かせて、

「わたし、同意してくれる人に会うの初めてです！　レンさん、本当に良い人ですね！」

「えぇっと、ありがとう……？」

「こちらこそ！　あ、もしお昼がお決まりでないなら一緒に買いに行きませんか？」

「それはいいけど、お前、授業は？　今って一限目が終わった休み時間だよな……？」

「実技のあとは魔力回復のために長めの休憩があるので、大丈夫ですよ」

「そっか。なら、いいや」

慣れない面談やルーシーの怒り口調に疲れていたところである。

アマネの申し出は単純に嬉しく、レンは意気揚々と購買へ向かった。

「てかさ。この学院ってめちゃくちゃ広いだろ。購買まで遠くないか？」

「大丈夫ですよ。購買部は中央棟にあって、三階建ての半分が購買と食堂なので。生徒数が多いだけに混雑はしますけど、ふわふわシープはちゃんと買えます！」

「そうだな、別にお菓子を買う話をしてるわけじゃないけどな」

あと、俺はできればちゃんとした昼飯が食べたいよ。

「ついでと言ったらあれだけど、後でいろいろ案内してくれないか？　俺、初めてでさ」

「構いませんよ。案内料は千リッカになります♪」

「お金いるんだ⁉」

「もちろんです。親しき仲にも礼儀ありですよ、レンさん。人の時間をもらおうというのですから、それなりの対価はいただきませんと。帳尻が合わなくなってしまいます」

ぐうの音も出ない正論である。可愛い顔のわりにちゃっかりした子だ。

了承したレンは購買で千リッカ分のふわふわシープをアマネに贈った。

顔を覆う白いお菓子の棒を持ちながら、アマネは「うーん」と幸せそうに笑う。

こんなに喜ばれると、財布の中身が減った甲斐もあるというものだ。

「――なるほど。レンさんは、ルーシーさんの助手として雇われたんですね」

「あぁ。そういうことだ」

購買からの帰り道、ふわふわシープを食べたアマネは納得したように頷き、どことなく表情を曇らせながら顔を覗きこんでくる。

「ルーシーさんの助手……務まりそうですか？」

「とりあえず一週間は頑張ってみるつもり。それ以上は分からないな」

「一週間……それがいいかもですね」

どことなくホッとしたようなアマネにレンは肩を竦めた。

彼女のバディが長続きしていないことも当然知っているのだろう。

「じゃあまず、一番よく使う中央棟から案内しますね。まずこの学院は円状になってい て、円を三分割したものが学年ごとに割り振られています。円の中心に中央棟がある感じですね。中央棟には備品庫や食材保管庫があります。中はとっても広いので迷わないでくださいね。わたし、迷っちゃって大変なことになりましたから。あはは……」

「ん、了解」

それからアマネはレンが持っていた調達表を覗きこんで、

「それでですね、この学院には魔獣料理に関すること以外、一般教養の授業はありません。それは十五歳までに済ませているはずですから。それと、もうご存じかもしれませんが魔獣食材の調達は生徒各自で行います。朝の六時から食材の搬入が始まりますから、気を付けてくださいね。ギリギリになったら瘴気の浄化でかなり混みますから」

遅れたら大変ですよ、と言い添えるアマネに、レンは「大丈夫だ」と頷いた。

「朝早いのには慣れてる。むしろそれが一番得意まである」

「ふふ。それは頼もしいですね」

アマネは口元に手を当ててくすくすと笑った。

「そういや、アマネはルーシーを名前で呼んでたけど……クラスは同じなのか？」

「あ、はい、そうですよ」

「そりゃあよかった」

雇われ助手とはいえ、雇い主が同じクラスであれば関わることもあるはず。

もし何かあれば頼らせてもらおう、とレンは密《ひそ》かに心に留《と》めた。

そんなふうに話をしていると、あっという間に休み時間が終わってしまった。

「なんか悪い。貴重な休み時間いっぱい使わせちまって」

「千リッカ分のふわふわシープをいただきましたからね。これは正当な取引ですよ」

こちらを気遣わせないアマネに再度礼を言って、二人は別れた。

「明日の授業で使うのはゴールド牛の生乳《せいにゅう》、ロックブラスターと紅白鳥の卵《クラウンエッグ》か」

レンは調達表の一覧を見ながら呟《つぶや》いた。

どちらも生息域が限られている。鮮度を重視するなら相当早く出かけないといけない。

「……やれやれ。雇われ助手ってのも楽じゃないな」

◆

カァーン……カァーン……と校舎中に鐘の音が響き渡る。

朝一の予鈴を聞きながら、ルーシー・ハルクヴィルは小刻みに貧乏ゆすりをしていた。

「あいつ、まだ来ないの……!?」

そう、昨日ルーシーの助手となった男——レンが来ていないのだ。

たくさんのクラスメイトが食材を机に並べる中、ルーシーの前には調理道具しかない。

授業開始まであと十分もないと言うのに、姿すら見せないとはどういうことか。

「もしかして、逃げた……？」

今日使う食材は市場で調達するものが二つ、猟に出て調達するものが一つある。

市場と街の外を行き来するため、時間がかかってしまうのは分かるが……。

（遅れそうなら連絡すればいいのに……やっぱり初日は付いて行くべきだったかしら）

父の推薦とはいえ、レンを雇ってから初めての調達だ。本来なら付いていくべきだったのだろうが、言い争いが尾を引いたせいで付いていく気になれなかった。

（あぁもう早く準備しなきゃいけないのに。あの変態、ほんとに……！）

「おい、ハルクヴィル。貴様まだ材料用意してないのか？」

やきもきしているルーシーに、クラスの嫌な奴が声をかけてくる。

明らかにこちらを馬鹿にしている表情――上級貴族のグレイス・マッケローニだ。

取り巻きたちも口元に手を当てながらニヤニヤしていた。

「まさか用意できなかったとか？　あ、校庭に落っことしちゃった？」

「ありえそ～～！　『暴姫《タイラント・クイーン》』だもんね。さすが平民上がり。くすくす……！」

「ぐっ」とルーシーは奥歯を嚙みしめた。

学院に入学して半年が経《た》とうとしているが、昨日のようにルーシーが実技でやらかした数は数えきれない。不本意なあだ名で呼ばれても仕方ないし、由緒正しき猟理人の家系であるグレイスとは違い、ハルクヴィル家は父が平民から貴族に成り上がった歴史のない家柄だ。ぽっと出の貴族を嫌ってか、彼はよく突っかかってくる。

（言い返したいけど、食材が目の前になきゃ何にも言えない……）

彼らの机には岩のような海老《えび》と、ぐるぐる模様の卵、金色の乳などが用意されている。対して、ルーシーの机は空っぽであった。

「ルーシーさん。レンさんはちゃんと来ますよ。たぶん……ほら、お菓子食べます？」

「なによ。こんなもので……もぐもぐ……あたしの怒りは収まらな……あ、美味《おい》しい」

精神安定作用の魔食効果を持つ焼き菓子はルーシーの気分をいくらかマシにした。

過剰なほどお菓子を愛するアマネと暴走が目立つルーシーは変わり者としてクラスでも浮いており、何かとはぐれ者になる二人はよき友人である。しかし、

（あれ？　あたし、アマネに助手のこと言ったっけ？）

「アマネ。なんであいつの名前知って……」

その時だった。

「うぃ～っす」

「――やっと来たッ！　遅いわよ！」

レンが教室に入ってきた時、ルーシーは反射的に怒鳴っていた。

精神安定の魔食効果は一瞬で消えていた。

顔を上げたレンが「おう」と挨拶して時間を確かめる。

「遅いって言ったけど、間に合ったから良いじゃん」

「授業の五分前に準備は終えておくものなの！　もう授業が始まっちゃうじゃない！」

「あー、そうなのか。悪い、次から気を付けるわ」

「もういいわ。早くこっち来て食材見せて！　話はそれからよ！」

「ん。かなり新鮮なやつ仕入れてきたからびっくりするぞ」

「早くなさい！」

おざなりに返事をしながらレンは準備室に引っ込んでいった。

その様子を見たクラスメイトの一人がルーシーのそばまでやってきて、

「今度のはずいぶんと変わった奴だな、ハルクヴィル？」

大柄な男だ。刈《か》り揃《そろ》えた赤髪、切れ長の瞳が強気な印象を抱かせる。

「……オルガ・シュナイダー。珍しいわね。話しかけてくるなんて」

「魔力量だけならプロを超えるお前のバディだ。注目しておいて損はないだろうよ」

「だけって何よ。あんた喧嘩《けんか》売ってんの？　今度こそぶっ倒してやるわよ？」

「ふっ。俺は勝つと分かっている相手と喧嘩するほど暇ではない」

「なんですって⁉」

「ルーシーさん、さすがに学年首席のシュナイダーさんと勝負は無謀では……？」

遠慮がちに囁《ささや》いたアマネの言葉にルーシーは歯噛《はが》みした。

オルガ・シュナイダーは学院長をして十年に一人の天才と言わしめた男であり、ルーシーが属するヴェルネス流を独自の術式に発展させた実力派の家柄だ。

確かに、この男に勝つには相当な準備と入念な作戦が必要になるだろう。

どの道大会で当たるのだから、彼への対策は立てなきゃいけないのだが……。


「お待たせ」

台車の上に食材を載せたレンが教室へやってきた。

「いやぁ。今朝は活きがいいのが居たぜ。味と鮮度は保証する」

遅れかけたレンに文句を言いたいルーシーは口を開きかけ、啞然《あぜん》と固まる。

机に並んだのは七色に光る液体、鋭い牙が生えた大きな蜥蜴《とかげ》と、紅白色《こうはくいろ》の鳥だ。

ピク、ピク、とルーシーは頰の引きつりが止まらなかった。

「あ、あんた、なにを持ってきたの……？」

「ゴールド牛の生乳、ロックブラスター、紅白鳥《クラウンエッグ》の卵だ。これが欲しいんだろ？」

授業開始前の、手持無沙汰なクラスメイトが水を打ったように静まり返っていた。

ただ一人、得意げに胸を張るレンに──

「「ぎゃーっはははははははははははははは！」」

大爆笑が巻き起こった。

ある者は腹を抱え、ある者は指を差し、ある者は口元を押さえる。

「あ、あの蜥蜴がロックブラスターだってよ、頭おかしいんじゃねえの⁉」

「課題の食材何にも用意してないじゃん！　まったく別の食材用意してどうすんの？」

「田舎娘の助手は質も悪いらしいな。ぶふッ、無理だ、笑いが抑えられん……！」

周りの反応に、当人であるルーシーでさえ何も言い返せなかった。

「……っ」

「どうやら今回もダメなようだな、ハルクヴィル。まぁ頑張れ」

シュナイダーはルーシーの肩を叩《たた》いて去って行く。そんな周囲を一顧だにせず堂々としたレンに、ルーシーは一縷《いちる》の望みを抱いて聞いてみた。

本物の食材は準備室にあって、別の食材と間違えただけだと信じたかった。

「……ねぇ。あんた、これ頼んでいた食材に見えないんだけど」

「いや、課題の食材だぞ。中身をちゃんと見てみろよ」

「は？　中身？」

「何を騒いでいるか知りませんが、授業を始めますよ」

ちょうどいい、いや悪いのか。そんなタイミングで担当教官が入ってきた。

「……じゃ、俺は行くわ。しっかりやれよ」

「ちょ、さっきのは……！」

レンは教官と入れ替わるようにして去って行った。

先ほどの言葉はどういう意味だと、ルーシーは頭を悩ませる。

（これどう見ても違う食材よね。でもあいつは中身を見ろって……どういうことなの？）

まったく意味が分からない。適当なことを言って煙《けむ》に巻《ま》こうとしているのだろうか？

（いえ、あの男はおとーちゃんが連れてきた男よ。それはないはず……いやでも、あいつ変態だし……あ、もしかして昨日あたしが蹴り飛ばした仕返しに別の食材を⁉）

もしそうならあの変態、ただじゃおかない。ルーシーが拳を握ったその時だ。

「おや？　これは……」

生徒の課題食材をチェックしていた教官が、調理台の上を見て目を丸くする。

やはり違う食材なのだ。叱責の言葉を予感してルーシーは悔しげに俯《うつむ》いた。

「今回はずいぶんと変わった手法ですね。ハルクヴィルさん？」

「え？」

ルーシーは顔を上げる。なぜか教官は微笑《ほほえ》んでいた。

「鮮度を大事にするヴェルネス流といえど、ここまでするのはあなたくらいでしょう」

ルーシーを褒めちぎる教官にクラスメイトは唖然としている。

どういうことだろう、と首を傾げると、グレイスが「教官！」と声をあげた。

「ハルクヴィルの持ってきた食材は課題と違います！　今日の授業は――」

「まさか気付いていないのですか？　栄えある学院の生徒である、あなたたちが？」

この人は何を言っているんだろう。

恐らく、ルーシーを含めたクラスメイト全員がそう思っているはずだ。

生徒たちを見渡し、教官は「ちょうどいいですね」と調理台に近づいてきた。

七色に光る液体、鋭い牙が生えた大きな蜥蜴と、紅白色の鳥……。

課題と見当違いの魔獣食材を見渡した彼女は「……素晴らしい」と感嘆の息を吐く。

「よく見ていてください」

教官は包丁を取り出し、しゅばばばばば！　とあっという間に蜥蜴を捌《さば》いた。

蜥蜴が骨と肉に切り分けられ、内臓がサクッと音を立てて開いていく――

「なっ!?」

クラスメイト全員が目を見開いた。

そこにあったのは。

「「「ロックブラスター!?」」」

そう、課題の食材である、ロックブラスターが入っていたのだ。

しかも、生きている状態である。

活きのいいロックブラスターは周りの人間を認知し飛び掛かろうとするが――

「ロックブラスターはクルーエルの束にある湿原地帯に生息しています」

　一瞬で包丁を振るった教官の前に、あっけなく切り身にされる。

「その天敵は草叢《くさむら》に住むストレンジリザードです。この魔獣はロックブラスターを主食としていますが、まれに栄養不足を予防するため、体内に獲物《ロックブラスター》を溜《た》めこんでいることがあります。しかし、それを外から見分けるのは至難の業。消化中のロックブラスターが生きている状態で発見されるのはまれ……というか、意図的に見つけるのはまず無理です。どうやって捕獲したのか知りませんが、本当に感心しますよ」

　クラス中が息を呑んでいた。誰一人として口をきけなかった。

　レンの尋常ならざる狩猟の力に、クラスの雰囲気が呑まれていた。

　教官は続いて、七色に光る液体を見つめ、ほぅと熱い息を吐く。

「次にゴールド牛の生乳ですが……これは珠玉の一品ですよ。食材《もの》自体は珍しくありませんが、七色に光るものとなれば希少価値は跳ね上がります。別名は『ネオ・ゴールド乳』。未《いま》だに搾乳方法が確立されておらず、競売では黄金の数百倍の値段がつくことも……」

「「「はぁ⁉」」」

「飲むだけで肌年齢が二十歳若返ると言われるほど、良質なたんぱく質が含まれているのですよ。コップ一杯飲めば、それこそ数年は肌がつやつやに保たれるのだとか……」

　ぎらっ！　女子勢の殺気めいた視線にルーシーは慌てて机《食材》を守るように身を乗り出す。

そのまま教官を見上げ、

「それが、これだと？」

「まさに」

先ほどまでルーシーを嘲笑していたクラスの空気は様変わりしていた。

誰もが言葉を無くすほど衝撃を受けていて、ルーシーも、同じように心が震えていた。

人一倍レンとルーシーを馬鹿にしていた男――赤っ恥をかいたグレイスは歯を軋《きし》ませ、

「なら！ 紅白鳥の卵《クラウンエッグ》は⁉ どこを見ても卵なんて――」

「あら。それこそ簡単ですよ。これは紅白鳥《クラウンバード》そのものなんですから」
ピ、と教官は針のように細い包丁で紅白鳥を刺した。
すると、紅白鳥は息を吹き返したように蘇《よみがえ》り、コケーッ！ と大きな鳴き声をあげる。

次の瞬間、その尻からぐるぐる模様の卵が飛び出してきた。

「産前の状態を見極めた紅白鳥を、痛みを感じることなく仮死状態にする。こうすれば仮死状態を解いたとき、紅白鳥は卵を産みます。まさに獲れたてというものです」

「「……………」」

もはや言葉もない。クラス中が沈黙していた。

そんななか、ルーシーは蕾《つぼみ》が花を咲かせるように口角を上げ、

「ふふん。ほらね。うちの助手はすごいのよ。あたし、信じてたんだから！」

（嘘つけ、めちゃくちゃ不安そうにしてただろ！）

クラス中の内心が一致する。胸を張ったルーシーに教官は微笑み、

「この食材を用意した人物は凄《すさ》まじい腕の持ち主ですよ。私たちでさえここまでするのは不可能です。一体どんな手法を使ったのか……ハルクヴィルさん、何か聞いてますか？」

「……いえ、あたしは知りません」

ルーシーがゆるゆると首を横に振ると、教官は残念そうに目を伏せた。

授業開始の鐘が鳴り響き、教官は気を取り直すように顔を上げる。

「今度、ぜひ話を聞きたいものです。特にネオ・ゴールド乳のことをね」

悪戯っぽく笑った教官は「では」と周りを見渡す。

「何か他に、文句がある人はいますか？　これ以上の食材を用意できる人は？」

「…………生きた魔獣を捌いたら、瘴気が出るはずだ。特に卵は殻の中に命があるから割ったあとに浄化を行うのは常識。そのロックブラスターと卵、授業で使えるのか」

敬語も忘れたグレイスの苦々しい呟きに、教官は食材を一瞥《いちべつ》し、目を見開く。

「…………問題なく使えますね。よほど祭壇で入念に浄化したのでしょう」

他には？　と教官は周りを見渡す。

誰も、何も言えるわけがなかった。

ただ、一人だけ——

「面白い」

ニッ、と口角を上げたシュナイダーに、誰も気付かない。

学年首席の男は獲物を狙う猛禽類のように紫紺《しこん》の瞳を細めた。

そんな周りを一顧だにせず、ルーシーは上機嫌に口を開く。

「ふふ。あたし、今日はこんなに貴重な食材で調理できるのね。腕が鳴るわ。美味しくなること間違いなしよ。昨日は失敗したけど今日こそは七つの魔食効果を――」

ほくそ笑むルーシーの前に教官が別の食材を持ってきた。

「ハルクヴィルさんはこちらの食材でお願いします。さすがに、その食材はあなたが調理するともったいないですからね。昨日魔導オーブンを壊した罰ということで」

「そんな⁉　せ、せめてネオ・ゴールド乳だけでも！　お願いですからぁああ！」

情けないルーシーの悲鳴に、クラスはようやくいつもの空気を取り戻すのだった。

◆

「あいつ、そろそろ俺が獲ってきたやつ食べたかな」

カァーン……カァーン……と授業終了の鐘を聞きながら、レンは呟いた。

眼下、屋上から見える校庭では生きた魔獣を使った授業が行われていたが、授業終了と同時に解体した魔獣を食材搬入所の祭壇に運び始めた。大きな祭壇では神官が瘴気の浄化を始めている。使い捨ての小型祭壇では浄化しきれない大きさの魔獣ばかりで、彼らは忙しそうな様子。一方、生徒たちは狩猟した魔獣のことを楽しそうに語り合っていた。

——そういや、子供のころは俺もああやって家族と一緒に狩りをしたっけ……。

誰かと共に狩り、調理した料理は特別美味しいものだ。

今回は分担作業とはいえ、ルーシーも喜んでくれるといいが……。

「処理はきちんとしたけどな。あいつ、どんな反応すると思う？」

レンが話しかけたのは、おのれの肩に止まった猫ほどの大きさを持つ魔獣であった。

二対の白い翼に瘴気を纏《まと》い、猛禽類《もうきんるい》の瞳でレンを見つめ返す獣。グリフォンの幼生だ。

「キュア！」

「うおっ！　ちょ、翼で頭を叩くな！　あと楽しそうにすんな！」

「——あぁぁぁああ！　やっと見つけた！」

ばたん！　と屋上の扉が開かれ、ルーシーが飛び出してきた。

ぜぇ、ぜぇ、と肩で息を切らした彼女は膝に手をついて息を整える。

「おう。授業お疲れさん」

「あんた、ハァ、なんで、休憩室に居ないのよ、ハァ……ってなにそれ⁉」

ギョッとした様子でルーシーが指差したのはレンの肩に止まったグリフォンだ。

魔獣を肩に止まらせているこちらをまじまじと見つめ、彼女は口を開く。

「ちょっと、それ、大丈夫なんでしょうね⁉　人を襲うとか……」

「大丈夫だよ。ちゃんと躾《しつ》けてあるから」

「ならいいけど……調教した魔獣を飼ってるなら学院に申請しなさいよね。ちゃんと許可がないと飼えないし、飼育小屋に入れとかなきゃダメなんだから」

特殊な方法で魔獣を使役している者は珍しいが、居ないわけではない。

調教師と呼ばれる彼らは学院にも少ないながら在籍している……とはいえだ。

「別に俺は飼ってるわけじゃなくて……こいつの親を狩ったから付きまとわれているんだよ。親を狩ったのにいつの間にか懐いてたんだ。変なやつだろ」

「自然界じゃ珍しくないわよ。特に魔獣は巣立ちが早いって聞くし。人間と違って、親との関係が希薄なんじゃないの？」

「……そういうもんか。まぁ俺で遊ばないなら別にいいんだ。せめて卵を落とせよ」

頭を小突いて遊ぶグリフォンの額を指で弾くと、なぜかグリフォンは嬉しそうに嘶《いなな》き、小さな雷撃を纏って逃げるように去っていく。卵はもらえなかった。残念。

大空に消えていくグリフォンを見送ると、ルーシーが心配そうに眉尻を下げて、

「ね、ねぇ。やっぱり今からでも先生方に話しておいたほうがいいんじゃないかしら。あんたに懐いてると言っても、街の上を魔獣が飛んでるのはやっぱり不味《まず》いと思うし」

「あいつはまだ子供だし、街は魔獣猟理人が警備してるから大丈夫だろ。それに……」

レンは懐から一冊の本を取り出して、あるページを開いて見せた。

「『誰でも出来る勇者の魔獣調理術・大型魔獣編。もしグリフォンの子供が懐いたらラッキーだ。グリフォンは強い者に従うから、ぐわー！　と脅かして、どどん！　と胸を張ろう。そしたらグリフォンの卵を食べられるよ！　美味しいから乞うご期待！』つまり、俺があいつより強ければそのうち卵を産んでくれるってわけだ」

「いや、どんな解釈よ⁉　さらっとあたしの心配無視しないでくれる⁉」

「グリフォンの卵はクソ美味いって解釈だよ。一つの卵に七個も黄身が入ってるし」

「なにそれ、食べてみたい……でもそのサイズの卵だと使い捨ての祭壇じゃ瘴気を浄化しきれないから、ちゃんとした祭壇で浄化しなさいよ？　……ってそうじゃなくてっ！」

ルーシーは困ったように額を押さえた。「そもそも」とレンが持つ本を指差す。

「その本、大昔に勇者が書いた奇書でしょ？　あたしも読んだことあるけど書いてること意味不明だし、何よりボロい！　せめて新しいの買いなさい。品格は身だしなみから始まるの。助手がそんなの持ってたらあたしの品格が疑われるわ。お金は出してあげるから」

「やだよ。これは……大切なものなんだ」

レンにとってこの本は教科書であり、お守りであり、心の支えでもあった。

手放すつもりはないが、うるさく言われるのは嫌なので懐にしまう。

「……まぁ、そんなに大事なら何も言わないわ。大事なものは人それぞれだものね」

「そうだな。お前だっていつもベッドに熊のぬいぐるみ置いてるんだろ？」

「は⁉　な、なんで知ってるの⁉」

「おっちゃんが言ってたぞ。『我が愛しの娘《マイ・リトル・レディ》は熊のぬいぐるみがないと寝られなくてね。「マッピーちゃん」なんて名付けていて、寝るときはいつもその子を抱きしめて……』」

「黙りなさい忘れなさい今すぐ記憶から消しなさぁあああい！」

「ぐッ、やめ、くび、しまる、死ぬ……！」

首を絞められたレンが慌てて腕に触れると、ルーシーはハッとしたように手を離す。耳まで真っ赤になった顔を隠しながら、彼女はぶつぶつ呟き始めた。

「おとーちゃんもおとーちゃんよ！　あの親バカ、なして知り合ったばかりの男にそげなこと言うとん⁉　ほんともう……恥ずかしくてお嫁にいけんとよ……」

「んな大袈裟《おおげさ》な……」

「せからしか！　いいから忘れるのよ、分かった⁉」

「はいはい……分かったよ」

「返事は一回よ！」

「ていうかお前、時々アルザス訛《なま》り出るよな。あのあたりの出身か？」

「田舎出身で悪かったわね⁉」

「悪いとは言ってねぇし……」

そんなことより、とレンは話を切り替えた。

「授業終わったんだろ？　俺が持ってきた食材どうだった？」

味の感想を教えろ、と距離を詰めたレンにルーシーは気まずげに目を逸らした。

「……あれなら使えなかったわ。昨日備品を壊したから罰として没収されちゃった」

「はぁ？　まじかよ……せっかくお前のために用意したのに」

最高品質のものを持ってきたのが逆に仇《あだ》になってしまったか。

魔導オーブンもそれなりに高価だ。売ってお金にするのかもしれない。

（あんまり時間が経つとアレなんだけど……まぁ大丈夫か）

過ぎてしまったことは仕方あるまい。そう思った時、授業開始の予鈴が鳴り響いた。

「あ、もう休憩時間終わり……もう、あんたのせいで時間が潰れたじゃない！」

「間違いなくお前のせいだと思うんだが？　会いに来たのお前だろ」

「せからしか！　とにかく、明日からも調達よろしくね。遅刻厳禁よ！」

「はいはい」

ルーシーは慌てて去っていった。

騒がしい女だ、と嘆息しながらレンは再び屋上からの景色を眺める。

今日の残りの授業は魔獣狩の実践講義だったはずだ。先ほどのクラスのように、ここからルーシーの様子が見えるかもしれない――そう思っていると、不意に裾を引かれた。

「ん？」

「あ、あの」

振り返ると、俯いたルーシーが髪で顔を隠しながら立っていた。

ちらちらと上目遣いでこちらを見上げながら、裾を放そうとはしない。

先ほどとは違う態度にレンは胡乱《うろん》げに雇い主を見返す。

「なんだよ、お前、どうしたんだ」

「そ、その。せっかくあんたがいい食材獲ってきてくれたのに、あたしのせいで使えなくて、ごめん。つ、次はちゃんとするから！　だから……見捨てないでほしいっていうか」

頬を赤く染め、恥ずかしそうに視線を逸らすルーシー。

せわしなく髪をいじる彼女は消え入りそうに呟いた。

「こ、これからも、よろしく……それが、言いたくて」

「お、おう。分かった。よろしくな」

頷くと、ルーシーは顔を真っ赤に染めあげ、しゅばばばっ！　と飛《と》び退《の》いた。

それからビシッとレンを指し、目をぐるぐる回しながら叫ぶ。

「か、勘違いしないでよね！　よろしくするのはバディとしてのアレだから！　他に意味なんてないから！　今度なんか美味しいもの奢《おご》ってあげるから覚悟しなさぁあ――い！」

「あ、おい⁉」

羞恥が限界に達したのか、ルーシーは逃げるようにして去っていった。

彼女の声の残響が、広々とした屋上に響いていく。

「あいつ、素直になると死んじまう病なのか……？」

変なやつ。とレンは首を傾げるのだった。


翌日のことである。

「えー、だからして、並行世界ニホンから勇者を呼び寄せた女神は戦争終結に伴い、惨劇を繰り返さないために法を敷きました。えー、それがいわゆる女神決闘であり――」

「ふぁぁ～ぁ……」

眠気を呼び起こす呪文のような声を廊下で聞きながら、レンは欠伸《あくび》を漏らした。

後ろ目で振り返ると、教壇に立った教官が生徒を指名しながら授業を進めている。

魔獣料理史学――魔獣料理が歩んできた歴史を学ぶ授業だ。

とはいえ、レンは授業を聞いているわけではない。学院の生徒ではないレンは教室の外で待機している状態だ。隣にはレンと同じような立場の男女が上品に廊下で佇んでいた。

執事服やメイド服に身を包んだ者たち――恐らく、侍従かなにかだろう。

（俺は従者じゃないんだけどなぁ）

別に教室外で待機する必要はないのだが、ルーシーが近くにいろとうるさいのである。

『昨日みたいに探し回るのはもうごめんだわ』との話だが――

退屈で仕方がないレンとしては、授業を聞くことくらいしかすることがない。

この眠気の魔獣を前に、他の侍従たちはよく姿勢を崩さないものだ。

「――ところで、瘴気を浄化する他にも勇者が遺《のこ》した偉大な功績があります。それこそ勇者が七人の弟子に伝え、現代の七大流派に受け継がれる魔法の技……調理術式です」

その言葉が耳に届いた瞬間、心臓が跳ねた。

身体が強張《こわば》り、顔から血の気が失《う》せていくのが自分でも分かる。授業から意識を逸らそうとするも、逆効果だった。教官の声は耳のそばで囁かれているように離れない。

「調理の方法を魔法によって簡略化し、狩猟時にも応用することで魔獣料理は大きく発展しました。調理術式は儀式によって人体に魔力を循環させる器官――魔法回路に刻まれます。このクラスでも既に体得している方が大半なようですが、まだの方は慎重に選択したほうがいいでしょう。世界には七大流派の他にもさまざまな流派が存在しますから」

「ふん。選択の余地などないだろう。ファウガス流一択だ」

教官の声を遮り、偉そうに言い放ったのは上等な服に身を包んだ栗色《くりいろ》の髪の男だ。

「グレイス・マッケローニ氏。上級貴族であるあなたの言葉は重みが伴うのを自覚すべきと言いたいところですが、まずは聞きましょう。その心は？」

「簡単ですよ」グレイスは心なしかルーシーのほうを見て嘲笑《あざわら》うように告げる。

「自然由来の味などと馬鹿みたいにこだわるどこぞの流派と違い、ソースを極めたうちの流派は幅広い調理にも応用が利き、鮮度に関係なく品質を保ちます。そうだろ、お前ら」

「おっしゃる通りです。グレイスさん、どこぞの流派は猟理人の質に左右されすぎる」

「どんな人が作っても美味しい料理を提供できるファウガス流こそ至高です！」

グレイスたちの言葉を受け、がたーんっ！　とルーシーは立ち上がる。

「何が至高よ、ばっかじゃないの⁉　ソースを塗りたくって食材本来の味を隠すなんて邪道よ！　女神シルヴェルフィーゼのお恵みに対する冒瀆《ぼうとく》だわ！　恥を知りなさい！」

「ハッ！　ついに馬脚を現したな田舎女。ソースは食材の保存がきかず鮮度が悪くなった食材をそれでも美味しく食べられるように発展した文化だ。せっかくの女神のお恵みを、鮮度が悪くなったからと言って使わないほうが女神に対する冒瀆だろう。恥を知れ」

「ぐ、ぅ。それは、確かに……」

あっさりと言い負かされたルーシーを見ていると、レンの心は次第に落ち着いていた。裏表のないルーシーの性格は傍《はた》から見ていて気持ちがいい。

「ちょっとシュナイダー！　あんたも何か言いなさいよ、ヴェルネス流でしょ！」

「下らん。どの流派であろうが俺は俺の道を追求する。それだけだ」

「え。ちょっとかっこい……じゃなくて！　アマネ、あんたもなんか言いなさい！」

「わ、わたしですか？」

「そうよ、スイーツ系を極めたゼクシーア流こそ至高って言いなさい！」

「わ、わたしは……」

アマネは目を泳がせるが、グレイスと目が合うと、萎縮したように顔を蒼褪《あおざ》めさせた。

「わたしは、ファウガス流もいいと思います、よ？」

「アマネ⁉」

ごめんなさいルーシーさん、と泣きそうな呟きがレンの耳に届いた。

仲のいい二人ではあるが、下手な発言をして上級貴族に目を付けられるのはアマネも避けたいのだろう。それにしても腰が低すぎるとレンは思うのだが。

（実家の現場で見たことある。どこの組織にもあるんだな、こういうの……）

グレイスに負けじと、クラスの者たちは次々と自分の流派を選ぶべきだと主張を始めた。

我の強い猟理人たちにルーシーも張り合い、もはや授業どころではない。

「はいそこまで！　お静かに！」

だんっ！　と黒板を叩いた教官の言葉で、その場はピタリと静まり返った。

教官は額を指で小突きながら猟理人としての心構えを伝える。

「マッケローニ氏、確かにソース作りに特化したあなたのファウガス流は応用力がありますが、自然由来の味を強めるソースを作ることも本質の一つです。ハルクヴィル氏、自然由来の味を追求するヴェルネス流は確かに素晴らしいですが、女神を引き合いに出すのはやめなさい。女神の話を出すと女神がどの流派を重んじていたかの話に発展するので、猟理人界隈《かいわい》では禁句とされています。以後気を付けるように」

「すいません」

「各流派に貴賤《きせん》なし。どの流派も調理において大事な手法を用いています。皆さん、研鑽《けんさん》を止めないでください。全流派の技を吸収し、やがて流派を超越する固有術式を生み出しなさい。それこそが、大調理時代に生きる我ら猟理人の本懐なのです」

あれほど騒がしかったクラスの者たちが神妙な顔で頷いていた。

固有術式は既存の調理術式を応用し、独自の調理体系を作ったものを指す。

大陸で名を馳《は》せている猟理人は、ほぼ必ずと言っていいほど固有術式を持っている。

学生枠の与えられたこの学院に入学するくらいだ。彼らは目指しているのだろう。

世界魔獣料理大会の頂点――『女神の猟理人《シュバルツ・シェフ・ド・シルヴェルフィーゼ》』を。

猟理人としての頂を目指すなら、固有術式は必須とも言える技能だ。

「さて。授業を再開しましょう。まずは調理術式と魔食効果の関係について……」

カーテンが風に揺れ、雲の切れ間から光が差し込んでくる。ばさりと翻ったカーテンの影に隠れながら、レンは眩しさから逃げるように目を閉じた――

座学の授業を終えると実技の授業だ。ゼクシーア流の教官によるお菓子作りの授業である。実技では入室を許可されたレンはルーシーのそばで作業を見守っていた。

大好きなお菓子の時間だからか、アマネがうきうきしているのが目につく。

「楽しそうだな、アマネ」

「はいっ、わたし、この時間が一番幸せです♪」

「そっか」

今日のお菓子はシュークリームである。

勇者が考案した異世界のお菓子はこの世界でさまざまな改良が施された。翼竜の膜を使った一抱えほどもあるシュークリームや、口の中でしゅわしゅわと炭酸が弾《はじ》けるシューなど、その種類は数えきれない。今回は粉末状にした翼竜の鱗《うろこ》と小麦粉、卵を混ぜて生地にし、中のクリームはゴールド乳の余りを使った、炭酸クリームだ。

「ゼクシーア流調理術式『熱冷《イ・グラニス》』♪」

アマネがうきうき顔で手をかざすと、シュー生地が淡い光に包まれた。

光の中の空間は隔離されており、シュークリームに熱が当てられていくのが分かる。

オーブン要らずの調理術式を見て、レンは思わず感嘆の声をあげた。

「指定空間内の温度を調整する……便利だな、ゼクシーア流ってのは」

温度管理が命と呼ばれる焼きもの系のスイーツでは便利なことこの上ない。

魔導オーブンと違い、機械による焼きむらがなく、温度調整が要らないのは大きな強みだ。

とはいえ、スイーツ系の調理はクリーム作りやパイ生地作りなど、熱を使わない技術も重要な奥深い分野である。どの流派も、術式だけあればいいというわけではない。

「そういえば、レンさんはどの流派なんですか？」

術式を行使しながらクリームを作るアマネが無邪気に首を傾げた。

「俺は」レンは一拍の間を置き、悪戯を思いついた子供のように口元に指を立てた。

「やっぱ内緒だ。いい男ってのは秘密があるもんだからな」

「えー、教えてくださいよぉ」

もう。とほっぺたを膨らませるアマネを横目に、レンは隣に目を移す。

授業が始まって十分以上経ってもルーシーはまだ材料を量っていた。

「お前、まだやってんのか。アマネは生地も焼き始めてるんだけど」

「お菓子作りは○・○○○一グラムも間違えられないわ。それだけで味が変わるのよ！」

「いや、言いすぎだろ……」
○・一グラムなら変わりもするが、それ以上は自己満足の世界だ。
それよりさっさと始めないと授業中に終わらないとレンは思う。

それから一分ほどして、ルーシーは翼竜の粉末を小麦粉に混ぜ始めた。

「おい、翼竜の粉はもっとこう、円を描くように混ぜたほうがいいぞ。そしたら生地が」

「ちょっと黙ってて。レシピ通りにやってるし、調理はあたしの領分なんだから！」

自己流のやり方を提案しかけたレンはぴしゃりと言われて口を閉じた。

ルーシーの言う通りだ。調理中に横から口を挟まれるのは結構めんどくさいものだし、分量を気にしすぎとはいえルーシーの手順はレシピ通り。問題なく仕上がるだろう。

（あーでも、見てるだけってのも退屈だな……）

「できましたぁ〜〜！」

アマネが満面の笑みで術式を解き、鉄板を掲げて見せた。

甘い香りを漂わせているのはふんわりときつね色に焼けたシュー生地だ。

「お、うまそーだな」

「えへへ。レンさん、食べてみます？　焼きたても美味しいですよねー」

ゴールド乳の炭酸クリームが注入され、「はいっ」と差し出された。

礼を言って受け取り、口に入れる。

その途端、口の中いっぱいに幸せの味が広がった。

「うまっ！」

炭酸クリームのしゅわしゅわが口の中で音を立てている。ときたま感じるこれは――

「ラムネも入れたのか？」

「ご名答です♪　ロックブラスターの肝をベースに、自家製ラムネを作ってみました」

「へぇ〜。食材の相性もいいし、よく考えたな」

ロックブラスターの肝は加熱すると甘くなり、苦みが中和されてコクが増す。このラムネを噛《か》み砕《くだ》くと、クリームの中にラムネの旨味《うまみ》が広がり、食感も楽しめるから二重でお得だ。そして当然、これは魔獣料理。美味しいだけでは終わらない。

「……っ！」

腹の底がぐん、と押し上げられるような感じがした。

黄色い光がレンの身体を包み込み、途端、胸が熱くなる。

頭の天辺から足の爪先まで、力がみなぎるかのようだった。

「……魔食効果も抜群じゃん。アマネ、前も思ったけど優秀なんだな」

「ふふ。ありがとうございます。今回は魔力上昇の効果ですよ♪」

そう言ったアマネのシュークリームを、担当教官も食べて一言。

「……四ツ星ですね。シンフィールドさん、合格」

「やった！」

ガッツポーズを決めるアマネを横目に、レンは光に包まれた身体を押さえた。

「ただのシュークリームじゃ、こうはいかないよな……」

魔食効果が発動するとき、魔食反応と呼ばれる光を発する。効果が一つであれば一色。二つであれば二色というように、一つの調理でどれだけの効果を付与できるかは猟理人の腕の見せ所で、狩猟難度や猟理人と同じく、効果のほどによって一ツ星から十ツ星まで格付けされている。

「つっても、その年で四ツ星なんて出せたら上出来だ。やるじゃん、アマネ」

「アマネは『甘姫』って呼ばれてるお菓子作りの天才よ。それ以外はダメだけど」

「ルーシーさん、一言余計ですよぉ。ほんとのことですけど……」

ようやく作業を始めたルーシーが横目で言い、アマネが抗議の声をあげる。

周りを見ると、既にアマネのように調理を終えた生徒たちが多くいた。

「四ツ星、四ツ星、三ツ星。マッケローニさん、満点合格です」

「ふん、当然だ」

教官の言葉を受け取り、グレイスは胸を張って威張り散らしている。

「さすがグレイスさん！　魔食効果を一つ増やすだけでもかなりムズイのに……！」

「一度に三つも……！　やっぱりマッケローニ家の嫡男は格が違います！」

取り巻きたちが歓声をあげる。おだてているような彼らだが、それも無理のない反応かもしれない。三つの魔食効果を付与するのはプロと遜色ないレベルだ。

正直、レンから見たグレイスは体つきも魔力も秀でているとは言えず、それほど実力があるようには見えなかったが……これも、持ち前の術式ならではということか。

再びルーシーに視線を戻すと、オーブンとにらめっこしていた。残り五秒、四秒……。

「できたわ！」

達成感に満ちた声をあげ、ルーシーはわくわく顔でオーブンから鉄板を取り出す。

そこには余熱を終え、ふわふわに焼けたシュー生地が……。

「あ、あれ？」

なかった。黒焦げたせんべいがあった。

それを見たクラスメイト──グレイスが「おい見ろ！」と声をあげる。

「さすが我がクラスの誇るヴェルネス流だ。あの女、シュークリームではなく、せんべいを作っているぞ。自然由来の味が聞いて呆れるな！」

「ぎゃーっははははは！　さすが田舎貴族！　『暴姫《タイラント・クイーン》』の名は伊達《だて》じゃない！」

「やっぱりハルクヴィルね。安定の才能に涙が出るわ」

ぐぬぬぬ、と涙目で奥歯を噛みしめたルーシー。

（……まぁ、シュークリームでよくある失敗だな。レシピ通りにやっていてもボタンをかけ違えば生地が膨らまないこともある……そんなに笑わなくていいと思うけど）

「もう一回よ！」

ルーシーはレンが用意した残りの材料を量り始めた。

担当教官は「ハルクヴィルさん、授業は終わりですよ」とたしなめるが、

「なら、放課後もこのまま続けるわ、です！　食材調達は助手がやってくれるもの！」

「……ハァ、なら好きになさい。後片づけはちゃんとするように」

「分かったわ、です！」

「なんか変な敬語になってんぞお前」

見かねたように、アマネが声をかけてくる。

「あの、ルーシーさん。わたしも手伝いましょうか？」

「自分でやるわよ。自分でやらなきゃ一人前の猟理人になれないもの。大丈夫よ。一度あんたのやつ見てるから、次は上手《うま》くやれるわ。先生からアドバイスももらったし」

「……そうですか。わたしは明日の準備があるので、お先に失礼しますね」

「ええ。じゃあね」

ぺこり、とお辞儀をして、アマネはその場を後にした。

すると、人が居なくなったのを見計らったように赤髪の男が近づいてくる。

そいつはなぜか好戦的な笑みを浮かべてこちらにやってきて——

「お前がハルクヴィルの助手——レンで間違いないな？」

「そういうお前は誰だよ」

「オルガ・シュナイダー。これでも顔は広いつもりだが……知らないか？」

「悪いけど、知らない」

おざなりに返事をしたと言うのに、シュナイダーは嬉しそうに笑った。

「いいな。実にいい。やはりお前は面白いぞ。レン」

「面白がられるようなことはしてないはずだけど……」

「過日、お前は実力を示した。目利きか、狩猟の力かは分からんが、歴《れっき》とした力を」

「ふーん。で、なんの用？」

「俺と勝負しろ」

「……！」

その瞬間、彼の全身から魔力のオーラが噴き出した。

空気が重くなり、がたがたと調理室が揺れ出す。肩を押さえつけるような圧力を発しながら、飢えた魔獣じみた目でシュナイダーは言う。

「せっかく学院に入ったのに一、二年でロクな奴が居なくて退屈していたところだ。あれほどの調達をこなして見せるお前となら、全力の勝負ができると俺は睨《にら》んでいる」

「やだよ、めんどくさい」

凄まじい威圧感を前に、レンは事もなげに肩を竦めた。

「俺にはお前と勝負する理由がない。俺は猟理人ですらない、ただの助手だぞ」

「謙遜するな。目を見れば分かる。お前、調理のほうも相当できるだろう」

それはお前だろうが。レンは内心で毒づいた。

声がでかいグレイスたちの陰に隠れて目立たなかったが、先ほどシュナイダーが出した魔食反応は四つだ。現役のプロ顔負け――少なくとも七ツ星猟理人の域に彼はいる。

「……たとえそうでも、お断りだ。誰が強いとか弱いとか、そんなの興味ないからな」

なおも興味なさげに返事をするレンに、シュナイダーは「ふむ」と魔力をおさめた。

「なるほど。確かに、お前と俺が戦うのにこのような調理場では趣《おもむき》にかけるな」

「いや、勝負するとは……」

「然《しか》るべき舞台がいい。此度《こたび》の大会……頂点で待っているぞ、レン」

「だから俺は……ってもういねぇし⁉」

言いたいことだけ言って去った男にレンは頭を抱えた。

大会というのは学院長の話していた世界魔獣料理大会だろう。

だがレンはその大会自体、乗り気ではなかった。

「誰かと勝負とか、めんどくせぇし。美味しければいいじゃんか……」

「――なに話してたの？」

「んぉ⁉　……何だお前か、脅かすなよ」

いつの間にかルーシーが後ろに立っていた。

どうやらまた失敗したらしく、新しい材料を机に並べている。

「シュナイダーと話してたでしょ。なに話してたの？」

「別に何でも。なんかちょっと喧嘩売られただけ」

レンの言葉を聞いたルーシーは哀れむような目になった。

「……目を付けられちゃったか。あいつ、しつこいわよ」

「……そうなのか」

「あんた知らないの？　あいつの家はヴェルネス流の開祖の末裔《まつえい》――業界で知らない人はいない超名門よ。入学して以来、いろんな相手に喧嘩を吹っかけて勝負してるけど今のところ負けなし。同級生だけじゃなく、上級生にもね。勝負バカの野獣みたいな男だわ」

「へぇ……できるやつだと思ったけど、やっぱ相当強いんだな」

授業で四色の魔食反応を出すぐらいだ。本番となればあれ以上の力を出してきてもおかしくはない。レンが今まで見てきた猟理人の中でも彼の才能は群を抜いている。

さすがに実家の家族には負けるだろうが、従妹とは良い勝負をしそうな気配がある。

「つっても、俺は勝負する気はないけど。めんどくせぇし」

それより、とレンはルーシーを現実に向き直らせた。

「お前……また失敗したのか？」

「ぐッ」

ルーシーの調理台は失敗作のシュークリームで山となっていた。

黒焦げ、破裂、ひび割れ……などなど、順調に失敗のレパートリーを増やしている。

「うっさいわね！　仕方ないでしょ、難しいんだから！」

「まぁシュークリームが難しいのは同意するけども」

さすがにおかしい。ルーシーの調理過程に問題がないのはレンもそばで見ていた。

彼女はなぜ、こうも失敗を繰り返すのだろうか？

「ていうか、あんたこそ、明日の準備しなくていいの？　リストは渡したでしょ」

「誰かさんが鮮度第一っていうもんでな。朝一で行っても間に合うだろ」

「……そ。ならいいわ。遅刻したら絶対に許さないからね」

「はいはい」

「返事は一回よ！」

「はーい」

その言葉を最後に、二人の間に沈黙が流れた。

カタカタ、コトコト、ブゥーン……とルーシーが調理する音だけが響いている。

淡々と進む調理風景を眺めていると、ふと顔を上げたルーシーと目が合った。

「なによ。なに見てんの？　言いたいことがあるなら言いなさいよね」

「……いや、結構失敗してんのに、めげねぇなと思っただけだ」

「ふん。当然よ！」

ルーシーはたぷん、と豊かな胸を張った。

「あたしはもっともっと修業して、『女神の猟理人』になるの！　そしていつの日か、世界中の人たちのお腹《なか》を幸せいっぱいにしてあげるのよ！　伝説の勇者みたいにね！」

「そりゃあ、大層な夢だな」

「ええ。だから、こんなことで躓《つまず》いてられないわ。同世代に『伝説の再来』まで居るんだから、あたしだって……！」

「……伝説の再来？」

「なに、あんたそんなことも知らないの？」

ハッ、とルーシーが鼻で笑った。こいつ、殴りたい……。

「『伝説の再来』っていうのは、勇者の再来と言われている奴よ。あたしもよく知らないけど、ここ一年で国際魔獣料理連盟に加盟していない国を渡り歩いて、魔獣被害に苦しむ人たちを救って回ったんだって。十六歳くらいの女で、勇者の末裔だとかいう噂だけど」

「へぇ……そんな奴がいるんだ」

（……たぶん、あいつのことだな。そんなふうに呼ばれてるのか）

よく知った従妹の顔を思い浮かべていると「できた！」とルーシーが歓声をあげた。

「よぉし、今度こそ……！」

オーブンから鉄板を取り出す。ふわふわのシュー生地があった。

やった、とルーシーがガッツポーズをしかけた時だ。

――パァンッ！

「ぁぁぁあああ！」

甲高い音。続いて悲鳴。

ルーシーの作ったシュー生地は破裂して、見るも無残な姿になった。

「あぁ、どうして……」

ルーシーが悲しい顔をして崩れ落ちる。だが、落ち込んだのも数秒だ。

「よし、もう一回やるわ！」

「ちょっ、まだやんのか⁉　こんだけ失敗してんのに⁉」

「さっきのはちょっと、泡立て時間が短かったのよ。たぶん。次こそは……」

ぐっと奥歯を嚙みしめ、絞り出すように呟くルーシー。

いそいそと材料を用意し始める彼女が、チラ、とこっちを見た。

「あんた、付き合わなくていいわよ。早く帰んなさい。気が散るわ」

「あ、そうか？　じゃあ遠慮なく。お疲れさん」

と、レンが帰ろうとした途端、慌てた様子でルーシーが肩を摑《つか》んできた。

「そこは『乗り掛かった船だ』って言うとこでしょ⁉　あんたそれでも助手⁉」

「……なんだよ、そう言ってほしかったのか？」

「そういうわけじゃないけど、あくまで一例よ、一例！」

（めんどくさい奴……）

「はぁ。分かったよ」

——まぁ、学院寮に帰ってもやることは特にないし。

元の位置に戻り、レンはルーシーの作業を見守ることにした。

「えっと、小麦粉が二〇・五二三グラムでしょ、それから……」

今日一日そばで見ていて分かったが、ルーシーはクソが付くほど真面目だ。

調理はレシピに忠実だし、口うるさいし、人にも自分にもルールに厳しい。どうしてこうも失敗するのかと不思議で仕方がない。

実力がないくせに口だけは達者……そんなふうに思われているからこそクラスで浮いているし、何かにつけて揶揄《からか》われるのだろう。

誰もが早々に帰った調理室の中、ただ一人、暮れなずむ夕陽《ゆうひ》に照らされる彼女の姿が、実家にいた自分の姿と重なった。周りから避けられていた、あのころの自分と——

（…………短気な奴だけど、嫌いにはなれないんだよなぁ）

レンは感傷を吐き出すように細く長い息を吐いた。ルーシーに近寄っていく。

「翼竜の鱗粉《りんぷん》を巻き上げて、小麦粉と合わせて、それから……」

「おい」

「ひゃ⁉」

レンはルーシーの肩に触れ、ぎゅっと力を込めた。

「ちょ、いきなり何触って……セクハラ⁉　また変態行為を……！」

「違う。肩の力を入れすぎだ。もっと楽にしてやれ。上手くいくもんもいかないぞ」

ルーシーは仕方なさそうにため息をついた。

「こう……？」

「そうだ。んで、泡だて器の持ち方はこう。箸を持つ感じ。で、翼竜の鱗粉は重いから、小麦粉と膨《ふく》らし粉《こ》は先に混ぜとけ。そうしたほうがやりやすい」

「え？　でもレシピは……」

「いいから。この一回だけ俺の言う通りやってみろよ」

「わ、分かったわよ！　しょうがないわね、いちおう助手だもんね」

「お前の泡立て方は、遅い。もっと、こう持ってだな……」

レンはルーシーの手首に手を添えて、泡だて器で円を描くように攪拌《かくはん》する。

しゅばばばば！　と音を立てると、ルーシーが硬直していた。

「こんな感じで生地全体に広がるようにしないといけない。シュークリーム全般に言えるけど、こいつは特にスピード勝負だ。生地が重さに負ける前に加熱して膨らませる。あとは材料だけど、使う前に全部常温に戻したほうがいい。シュークリームは材料の水分で膨らませるから、冷たいと沸騰する前に水分が飛んじまうんだ」

「……」

「おい、聞いてんのか？」

「ハッ、え、ええ。聞いてるわよ、聞いてるに決まってるわ！」

「ならいいんだけど、ほら、生地ができたら絞り袋に入れて並べろ。ここが命だぞ」

「わ、分かってるわよ……！」

「計量も、こだわるのは〇・一グラムまでにしろ。それで失敗したら、またやり直せばいい。『誰でも出来る勇者の魔獣調理術・心得編。失敗は成功の元』だ」

たび重なる失敗に嫌気が差しているのだろう。ルーシーはなぜか耳を赤くしてレンの指示通りに動いた。もちろんまだまだ動きは遅いが、そこは経験でどうにかなる範囲だ。

（……うん、イイ感じだな）

「オーブンの温度だけど、このレシピだともうちょっと上げたほうがいい。そうだな。二、三十度上だ。二分経ったら下げてみろよ。あと、オーブンに入れる前に霧吹きで水をかけておくと膨らみやすいからおすすめだ」

大調理時代以降、世界の調理技術は飛躍的に発展し、便利な調理道具も現れた。

魔導オーブンは勇者がニホンで使っていたという道具を元にしているから使いやすい。ゼクシーア流の術式を持たない者たちにとって欠かせない道具である。

「…………」

ルーシーは緊張しているのか、固唾を呑んでオーブンを見守っていた。

レンも助言をした手前、上手くいくか不安だった。二人でじっと待つ。

そして、

「できたわ！」

チン、と余熱を含めて焼きあがったシュー生地。

ルーシーが歓声をあげ、慎重に鉄板を取り出していくさまをレンは見守っていた。

（……うん、いいな。あとは手で触れても割れたり、しぼんだりしないかだけど）

ルーシーは生地を手でつつく。五分待つ。生地はそのままだった。

「………できた」

ぽつり、とルーシーが呟いた。

ゆっくりと、彼女の口元に幸せな笑みが広がる。

「やった！　やったぁ――！　あんたすごいわ、すごいわよ！」

「おう、やったな」

「こんなに上手く行ったの初めてだわ！　ほんとに嬉しい……！」

歓声をあげ、二人はハイタッチ。嬉しそうに手を見ていた彼女はハッと顔を赤らめて、

「べ、別にあんたのお陰じゃないから！　あたし、もうできかけてたから！」

「はいはい、分かってるよ」

ルーシーはようやく成功したシュー生地を丁重に持ち上げ、クリームを注入。完成した

シュークリームをにんまりと眺めてから、こちらを見て頬を朱に染めた。

「で、でも、ほら。味見役っていうか？　ここまで付き合ってくれた助手に、あたしからの報酬っていうか……」

ぶつぶつと呟き、髪をいじりながら、ルーシーはシュークリームを差し出す。

「あ、味見しても、いいわよ」

「あ、じゃあ遠慮なく」

「へぁ!?」

がぶ、とレンはシュークリームにかじりついた。

「ちょ、誰が『あーん』の状態で食べろって言ったのよ、手で食べなさいよ！」

「ふぁあらへっふぇふぁあんらからいいらろ《腹減ってたんだからいいだろ》」

それこそ減るもんじゃないし。なんで顔を真っ赤にさせてるんだ。

もぐもぐ……しゅわぁ！　炭酸クリームの泡がレンの口の中で音を立てて弾けた。

口の中に広がる芳醇《ほうじゅん》な甘みに、レンは口元のゆるみが止められなかった。

「美味い。良くできてる」

「そ、そう？　良かった……えへへ」

しかも、どうやらそれだけじゃない。

「……っ」

どどん、と腹の底が波打った。

太鼓を叩いたような響きに瞠目《どうもく》したレンの身体を、蒼と黄の光が包み込む。

魔食反応だ。光が収まった時、レンは自分に起こった変化に気付いた。

「コレ……お前、魔力が」

「うん。あたし、魔食効果を作るのは得意なの。学院長にも褒められたんだから」

「……なるほど」

得意、なんてものじゃない。アマネとは比べものにならない魔食効果だ。

一体どんな組み合わせと分量でやればこうなるのか……。

レンはルーシーをまじまじと見た。

そもそもおかしいと思ったのだ。ルーシーはレンから見ても問題ないと言えるほどレシピ通りに作っている。いくら偶然が重なっても、こうも失敗が続くわけがない。

（……もしかしてこいつがずっと失敗してたの……魔力の過剰供給が原因か？）

魔力は万物に宿る生命の源でありエネルギーだ。魔獣料理においては魔食効果という作用をもたらす重要な鍵である。だが、何事も過ぎれば毒というもので、魔食効果を大きくするために魔力を過剰に供給すると、器である食材が魔力に耐えきれない。

――でも、魔獣食材が耐えきれない魔力なんて……こいつ、どんだけだよ。

計り知れないルーシーの潜在能力にレンが震えたその時だ。

全身に電撃が走った。

「あばばばばば⁉」

身体中から弾ける雷。手足や全身が痺れ、恐ろしい痛みが襲ってくる。

しゅうう、と煙を出したレンは膝に手をつきながら、

「ハァ、ハァ、な、なんだこれ……一体、何が……」

「あー……」

ルーシーはレンを見て、まるで予見していたような気まずい表情で、

「やっぱりそうなっちゃったか……」

「どういうことだよ⁉　これ……まさかとは思うけど、魔食効果か⁉」

「うん。魔食効果の暴発。今回使った翼竜の粉末は雷撃種だから、その魔獣の魔力を引き出しすぎちゃったみたい。たまにあるの。魔獣の魔力を引き出しすぎてその魔獣の魔法まで発現しちゃうことが。オーブンもそれで壊れたし。まったくやんなっちゃうわ」

「やんなっちゃうわ、じゃねぇよ！　危なすぎるだろ⁉」

魔食効果は魔獣の持っていた魔力を通して食べた者に作用する。

だから食べてすぐに効果が発揮されるのだが、食べる前でも後でも魔食効果が暴走して相手に電撃を喰らわせるなど、一体どれだけの魔力を込めればそうなるのだ。

そんな時、レンの脳裏に過《よぎ》る言葉があった。

「お前……まさか『暴姫《タイラント・クイーン》』なんて呼ばれてるのは」

「……そう、そうよ。あたし、魔力が制御できないのよ」

（やっぱり……！）

先ほどのレンの推測は正しかったのだ。

彼女の調理が失敗する原因は、魔力の過剰供給による器の崩壊だ。

それなら以前、レンが調達した食材を教官に「もったいないから」という理由で回収されたのも納得できる。恐らく彼女の魔力暴走はレン以外には周知の事実だったのだろう。

レンと会った日も彼女はオーブンを壊していた。原因は魔力の暴走によるものか――！

（そういえばこいつ、調理術式を使ってなかった！　ヴェルネス流は風系の調理術式だから、泡立てる時に使えばいいのに……魔力が暴走するのが分かっていたから⁉）

ルーシーの弱点を身体で体感したレンは頭痛を堪えるように額を押さえる。

「お前……よくこれで魔食効果は得意って言えたな」

まだ身体が痛いんだけど、とレンはルーシーを睨《ね》めつける。

ルーシーは開き直ったように反論した。

「し、仕方ないでしょ！　実際、効果自体はすごいのよ！　これしか取り柄がないんだから他人よりいいところを誇って何が悪いのよ！　あたしにはこれしかないんだもん！」

「……いや、まぁ、いいんだけどさ。確かにお前の言う通りなんだけども」

実際、制御できるようになれば極めて大きな武器になる。

何度も備品を壊しているくせに許されていることからも学院長の期待をひしひしと感じるが、それはそれとして、レンには言いたいことがある。

「……お前、失敗したシュークリームを食べなかったのって」

ギク、とルーシーの肩が跳ねた。

「え、まぁ、うん」

「こうなることが分かってたな？　そんで俺を残そうとしたのも……」

ギクギクッ！　再び肩が跳ね上がったルーシーをレンはじぃっと見つめた。

彼女は諦めたようにため息をつき、頭を片手でこつん、と叩いて舌を出した。

「てへぺろ」

「可愛い子ぶってんじゃねぇぞお前⁉　まじでわざとかよ⁉」

「仕方ないじゃない！　あんた、あたしの助手でしょ⁉　どく……じゃない、処理……じゃない、試食の手伝いくらいしてくれてもいいでしょ⁉」

「今毒見って言いやがったな⁉」

確かに、確かにだ。彼女の魔力は素晴らしい。

アマネはおろかシュナイダーすら超える一級品と言えるだろう。

だが、ここまで制御できないならバディが定着しないのも頷けてしまう。

口うるさいし、短気ですぐ怒るし、調理はほぼ必ず失敗する。

言うなれば、魔力という見た目で繕った泥船のようなものだ。

魔力に期待して乗り込んだが最後、底なし沼まで引きずり込まれてしまう。

けれど……。

「ふ、ふん！　今回はちょっと失敗したけど、次はもっと上手くやるわ！　魔食効果は上手くいかなかったけど、生地は膨らんだし？　完璧になるまで何度も挑戦するわよ！」

まだやるつもりだったルーシーにレンは呆れつつ、片づけを始めた。

「馬鹿。明日の予習もあるだろ。今日は切り上げろ」

「え、あ、うん………その、ありがと」

「……まったく」

（あぁ。やっぱり嫌いになれないんだよなぁ……）

肝心なところでお礼を言えるところも、対立する相手の意見の正しい部分を認めるところも、自分の弱点と向き合い、それを克服しようと陰ながら努力するところも。

この子は自分の欠点を見つめながら、真摯に料理に取り組んでいる。

誰に馬鹿にされようとも逃げずに立ち向かっている。

その不器用とも言えるまっすぐさが、ひどく眩しい。

（最初は乗り気じゃなかったし、毒見はムカつくけども）

——それでも、決して嫌いではなかった。

◆第二章　黎明《れいめい》を告げる光

レンが助手として働き始めてから五日目。

ルーシー・ハルクヴィルは鼻歌を口ずさみながら校舎への道を歩いていた。

今日の授業は魔獣生態学、魔獣狩猟学、魔食効果理論、経済学など猟理人として必要な座学のオンパレードだ。得意な座学の授業ということもあってルーシーはご機嫌だった。

昨日の実技の復習もしたいし、座学の予習と復習もしたいので、余裕をもって登校する。

(前までは一人で全部やってたから、寝る暇もなかったけど……)

狩猟、市場調達、実技、座学と、学院生がやるべきことは多く、一人でこなすのはかなりの重労働だ。食材調達を完璧にこなしてくれるレンの存在はあまりに大きい。

ルーシーは雇われ助手の顔を思い出し、口の端を緩めた。

(最初はあんな変態なんて……と思ってたけど、なんだかんだで良《い》い感じじゃない?)

類をみない狩猟技術もそうだし、実技の練習にも付き合ってくれる律儀なところも見どころがある。何より、魔力が制御できない自分に正面から向き合ってくれた。

それは、これまで出会った者たちではありえなかったことで——

(ま、あいつが変態なのは変わらないけど)

彼はあくまで雇われの身だ。何がきっかけで自分から離れるか分からない。

ルーシー自身も狩猟技術も磨いておかなければ、足をすくわれてしまうだろう。

鞄《かばん》を背負い直したルーシーは図書室への道すがら、件《くだん》の助手を見つけて首を傾《かし》げた。

（あいつ、あんなところで何を……）

食材調達の帰りだろうか。狩猟用の大型包丁を背負っている。視線の先を追えば、数十メートル離れた先に東屋《あずまや》のような調理スタジオがあった。スタジオは光の膜に覆われ、四人の男女がせわしなく動き回っており、片隅には瘴気《しょうき》を浄化している祭壇がある。

「よぉ、ルーシー」

いつからこちらに気付いていたのか、レンは振り返って笑った。

「ずいぶん早いな。まだ一限目まで二時間くらいあるのに」

「まぁね。あんたこそ、もう調達を終えたの？」

「おう。で、帰りに派手な音が聞こえてきたから見に来たら……あれだ」

レンが深刻そうに顎をしゃくった直後、スタジオで高らかに叫ぶ声があった。

「ファウガス流調理術式『万物調合《ブレンディング・オール》』！」

空中にさまざまな調味料が浮かび上がり、一つに調合・攪拌《かくはん》されていく。

ファウガス流が誇るソース生成の術式だ。思わず唸《うな》ってしまうほどの術式精度。

食欲をそそる香りを漂わせるソースを作ったのは、いつも教室内でルーシーに突っかかる男――グレイス・マッケローニだ。相棒はクラス内の取り巻きである。

「……女神決闘ね。あの男がよくやる手口よ」

「手口？」

　女神決闘は料理勝負でもめ事を解決する、女神が考案した決闘法だ。

『美味《おい》しいものを食べればみんな幸せだよね！』という勇者の発言から考え出されており、もめ事が起こった際には女神決闘で解決することが世界の常識になっている。

「マッケローニは国内で敵対している派閥の貴族を蹴落とすために、喧嘩《けんか》を吹っかけるのよ。ああやって女神決闘をしているのは珍しいことではないわ」

「派閥って、政治みたいに……所詮は子供の喧嘩だろ？　貴族云々《うんぬん》は関係ねぇじゃん」

「大アリよ。武力による争いが禁じられた今、魔獣料理で勝つということは力の証明と同じだもの。今や種族同士の争いも女神決闘で解決する時代だって、知ってるでしょ？」

　マッケローニのやり方は嫌いだけどね。とルーシーは付け足した。

「勝負を吹っかけて腕を競うことを悪いとは思わないけど、マッケローニが自分より爵位が下の『勝てる相手』にしか勝負を仕掛けないことが気に入らないのよね」

　狩猟と調理を両立できる猟理人が力を持つこの世界で、多彩な魔食効果を操り、強力な調理術式を操ることができる貴族は女神決闘においてかなり有利だ。

　しかも、国際魔獣料理連盟《ユニオン》から派遣される審査員は、料理が美味しいかどうかではなく、どれだけ質の高い魔食効果を付与できるかを審査基準にしている。

国によっては貴族と平民による女神決闘を禁止しているところもあるぐらいだ。

今も国際魔獣料理連盟《ユニオン》らしき者たちが審査員席で調理を見守っていた。

「まぁ、あいつが気に入らないのは確かだけど、女神決闘は受けちゃったほうにも問題があるし、命に関わるものは勝負の報酬にできない。問題ないでしょ……」

「……勝負の報酬にはな。勝負の最中に命を落とした場合は話が別だろ」

その言葉の意味に気付いてルーシーは慌てて調理スタジオを見る。今も調理を続けるグレイスの対戦相手──その片割れがお腹《なか》を押さえている。足元に血だまりができていた。

「たぶん、魔獣にやられたんだろうな」

女神決闘には料理のみを競うものと、生きた魔獣を狩猟し、調理するものとに分かれている。祭壇に魔獣が供えられていることからも、今回は後者と見て間違いない。

「ちょ、重傷じゃない！　早く助けないと──！」

「できないだろ。女神決闘の真っ最中だぞ？」

調理スタジオの周りは他者の侵入を許さない光の結界が張られている。

勝負がつくか、どちらかが降参するまで何人《なんぴと》も立ち入ることはできないのだ。

「それは分かっているけど……それでも、放っておけないでしょ！」

ルーシーが手を掲げ魔力を収束させたのを見てレンは顔色を変えた。

「よせ！」鋭い声が飛ぶ。構うものか。ここで見捨てるなんて自分じゃない。

「ヴェルネス流調理術式『頭蓋空断《ヴェルネス・ヘッドカット》』！」

膨大な空気が圧縮され、五メートルを超える空気の包丁が振り下ろされた。

だがそれは、ルーシーが魔力を制御できていればの話だ。

「あ、ちょ、ダメ……抑え……っ、きゃあああ⁉」

直後、魔力が暴走し、包丁の形に収束した空気が爆発的に解放される。吹き荒れる真空の暴威は花壇を荒らし、ベンチを吹き飛ばし、地面をクレーター状に抉《えぐ》り取《と》った。

それでも――結界はビクともしていない。

「う、嘘《うそ》……今のでビクともしないの⁉」

「おいおい……あれは儀式結界――女神の力そのものだ。人がどうこうできるものじゃねえだろ。しかもお前、まったく術式制御できてねぇじゃん。結界をなんとかできたとして、中の人間まで傷つけない保証がどこにある？　もうちょっと考えて行動しろ、馬鹿」

「う、うぅ……確かにそうだけど。でも、見捨てることなんて！」

「気持ちは分かる。教官を呼ぶ暇もないし……しょうがない。なんとかしてやるさ」

こちらの様子に気付いた審査員たちだが、結界内の決闘を優先させることにしたのか何も言ってこない。そうこうするうちに対戦相手が意識を失い、バディが降参を告げた。グレイスはこちらを見てにやりと笑って去り、審査員たちが呼んだ救護員は手当てに移る。

しかし、出血が多い。救護が間に合うのか微妙なところだ。

「ねえ、あんた何をする気……え？」

真横から突風が吹き抜けた。

同時に、無数にきらめく銀閃《ぎんせん》が魔獣の身体《からだ》に線を走らせ、解体が終わる。

その正面に、包丁を抜いたレンが立っていた。

ルーシーの背筋に恐ろしい戦慄が走る。

（え？　も、もしかして、今の一瞬で解体を⁉　ていうか……それより！）

否応《いやおう》なく視線が吸い寄せられるのは彼が持つ包丁である。

通常、大型包丁というのは生きた魔獣を相手にするため、刃こぼれしやすく錆《さ》びやすい。

けれど、レンのそれは光を纏《まと》っているような、惚《ほ》れ惚《ぼ》れするほどの霞《かすみ》仕上げだ。

手入れの行き届いた立派な包丁を前に、思わず身体が震えてしまう。

（包丁を見たら分かる。あいつが積んだ途方もない研鑽《けんさん》と、猟理人としての実力が！）

ルーシーが戦慄している間にもレンは魔獣の皮を剝ぎ、包丁の切っ先を器用に動かして鍋のなかに放り込む。怪我人《けがにん》のバディに声をかけた彼はバディに皮を取り出してもらい、何度か引っ張ってから出血箇所に巻くように指示。バディのほうが指示に従うと、怪我人はみるみるうちに血の気を取り戻し、呼吸を落ち着けていった。審査員や対戦相手たちはレンに声をかけるが、同時に彼らはルーシーのやらかした惨状に気付いた。不味《まず》い。

レンは唖然《あぜん》とする審査員たちの隙をつき、急いだように戻ってきた。

「やることとやったし逃げようぜ。まぁ後で呼び出しくらうと思うけど。主にお前が」

「うぅ。あたしだって悪気があったわけじゃ……って待ちなさいよ！」

面倒そうにその場を離れるレンを追いかけながら、ルーシーは問いかけた。

「ね、ねぇ。あんた、さっき何したの？」

「ただの応急処置だよ。祭壇にいた魔獣は『いぶし狐《きつね》』って言ってな。あいつの皮は強力な止血作用がある。血は一瞬で止めたからあとは任せて大丈夫だろ」

「あの魔獣の皮にそんな効果が……？」

ルーシーも魔獣生態学は日々勉強しているが、そんなこと知りもしなかった。

そもそも学院における魔獣生態学は狩猟のために学ぶもの。魔獣の生態や生息地、繁殖方法、主な魔食効果などが中心で、魔獣の身体的特徴について触れることは滅多にない。

「一体、どこで……」

「これだよ」レンは懐から愛読書と呼ぶ本を取り出し振って見せる。

「『誰でも出来る勇者の魔獣調理術』……またそれ？」

勇者の書いた奇書だ。魔獣の特徴についてなど書かれていただろうか？

「繰り返し読むことを勧めるぞ。これは俺のすべてといっても過言では……っと⁉」

突如、空から魔獣が飛び込んできた。

以前にレンが屋上でじゃれ合っていたグリフォンの幼生だ。

キュォー！　と早速肩に噛《か》みつくグリフォンにレンは呆《あき》れたような顔で、

「なんだ、また来たのかお前……っておい、まつ毛をかじるなよ⁉」

ぱたぱたと翼をはためかせ頭を挟むグリフォンにレンは迷惑顔。

ルーシーのほうは、グリフォンの登場に気が気でなかった。

以前、気になって調べたのだ。グリフォンの生態と、その狩猟難度を。

（狩猟難度十ツ星『雷鳴獣』グリフォン！　秘境に生息し、街を消し飛ばすほどの雷撃を放つ災害指定魔獣……！　自分より強い者に懐く習性があると言われてるけど……！）

その証拠に、ポン、とグリフォンがレンの手に卵を産み落とした。

「お。卵……ラッキー！　ていうか、もらっていいのか？」

「キュアー！」

レンとグリフォンが見つめ合う。人間の倫理を超越した野性の繋《つな》がりがそこにあった。

「……ん。そうか、なら、ありがたくいただくよ。さんきゅーな」

嬉《うれ》しそうに翼をばたばたと動かすグリフォンを警戒しつつ、ルーシーは問いかけた。

「グリフォンを狩れたのも、愛読書のおかげ？」

「ん？　まぁそうだな」

「そう……」

『誰でも出来る勇者の魔獣調理術』――もう一度、読み直してみようか。グリフォンのこともそうだが先日の授業のこともそうだ。彼の狩猟技術は自分よりも遥《はる》か高みにある。

（こいつは……ううん、この人に付いて行けば、あたしもあんなふうに……！）

熾火《おきび》のような熱が胸に灯《とも》るのをルーシーは自覚した。

それは夜空に手を伸ばす子供のような、純粋な思い。高みにいる者への憧憬。

「……ねぇ。明日の食材調達、あたしも付いて行っていい？」

「なんだ藪《やぶ》から棒に。狩猟は俺の領分じゃなかったのかよ？」

「そ、それはそうだけど……たまには狩猟もしておきたいなって」

自分の発言を引き合いに出され、拒否されてもおかしくはないと思ったのだが、レンは「まぁ別にいいけど」と肩を竦《すく》めるだけだった。ルーシーはホッとして、

「じゃあそういうことで。明日は魚料理の授業よ。課題食材はグレートシャークだから、海に行きましょう。ちゃんと海戦装備を持ってくること。いいわね？」

「おっけー。やっと海産調理都市らしい食材が獲《と》れるな。楽しみだ」

自分用にも獲ろうかな。と笑うレンをルーシーは静かに見つめていた。

レン。これだけの技術を持っていれば有名になっていそうだが、ガリア王国の貴族であるルーシーでもその名は聞いたことがない。猟理人界隈《かいわい》の有名人にもその名はなかった。

――彼は一体、どこから来たんだろう？

◆

『海獣の楽園《ワールド・ブルー》』の異名を持つクルーエルは、北の寒流、南の暖流、東のルマン海流が合流することで豊富な栄養と魔力に満ちた独特の海域を作り出し、世界の九十パーセントの海洋生物が集まると言われている。昼と夜で獲れる魔獣も大きく変わるため、真夜中であっても街の中は昼間のように活気づいていた。広場の片隅でレンは街の様子を眺める。

（あー、美味そうな匂いがいっぱいだ……ルーシーのやつ、まだかな）

「――待たせたわね！」

ちょうど時間を確認したとき、ルーシーが声をかけてきた。

学院の制服で身を包み、手提げバッグを持った彼女の装いは昼間と変わりない。

「おう。ちゃんと寝てきたか？　夜の調達は慣れてないときついぞ」

「寝てないわ！　夜中の二時に起きるなんて器用な真似《まね》、できないもの！」

開き直りやがった。

「……まぁお前が大丈夫ならいいや。行こうぜ」

「ちょ、ちょっと！　歩くの速いわよ！」

「お、見ろよ、あれ美味そうじゃね？　ちょっと買っていくか」

さすがはクルーエルだ。真夜中でも漁師向けに出店が立ち並んでいる。

レンはすきっ腹を押さえながら、漁師が出している出店に寄ってみた。

『目覚めスッキリ！　身体能力活性効果あり！』と看板が立っている。

「おっちゃん、このシードラゴンの串焼きひと……あ、いや、二つで」

「あいよ！」

出店から戻ると、追いついてきたルーシーが咎《とが》めるように言った。

「ちょっと、調達の途中で買い食い⁉」

「いいだろ別に。買い食い禁止なんてルールがあるのか？」

「それは、ないけど」

「ほれ、お前の分」

「あ、ありがと……わ、悪いわね」

シードラゴンの肉は青紫色の、毒々しい色をしている。内臓に毒を溜《た》めこんでいるため、解体中に内臓を傷つけると変色してしまうのだ。毒自体は加熱すると旨味《うまみ》に変わるため問題はないが、ルーシーは躊躇《ちゅうちょ》しているようだった。

「うん、美味《うま》い……おい、要らないなら返せよな」

「い、いるわよ馬鹿！　ちょっと観賞していただけよ！」

観賞するほどのもんか？　と思ったレンの身体を若草色の魔食反応が包み込む。全身がポカポカして、珈琲《コーヒー》を飲んだ時のように身体がシャキっとする。良い魔食効果だ。

「美味かった。ごちそうさまでした」

レンが満足していると、ルーシーは「はむ」と嚙みついた。

はむはむと串焼きを頰張ったルーシーは顔を輝かせ、

「ま、まぁまぁね！　悪くはないわ！　もう一本もらおうかしら」

「美味いだろ？　これにベリー酒をかけたらさらに臭みがなくなると思うんだが」

「あら。オレンジ系のほうが良くないかしら。そっちのほうがソースと合いそうよ」

「悪くないけど、オレンジだとシードラゴン独特の風味が完全に消えちまいそうで……」

いつの間にか、レンたちは調理談議に花を咲かせていた。ああでもない、こうでもない、と同い年の者と言い合うのは久しぶりで、レンは少しだけ楽しくなってきた。

「なぁ、あっちのランダム魚肉団子挑戦してみね？　どんな魔食効果が入ってんだろ」

「絶対嫌よ！　ハズレの奴《やつ》なんて豚に大変身とか書いてあるじゃない。絶対無理！」

残念ながら魔食効果で遊ぶことには乗ってくれなかったが。

（たまにはこういうのもいいもんだな……ん？）

買い食いを楽しんでいたレンはふと、視界の端に入った人影に目を留《と》める。

桃髪の少女が屋台で元気に客を捌《さば》いていた。

（アマネ……？　こんな夜にバイトしてんのか……？）

声をかけようと思ったが、仕事中に知り合いと会うのは気まずいだろう。

（お金に困ってんのかな……いや、そういう詮索するのは良くないな、うん）

他人に実家のことを隠しているレンは見なかったことにして、このことを胸に秘めた。

やがて二人分の靴音が、街のライトに照らされた海岸線へと至る。

風に混じる潮の匂い、船出する漁師たちの姿、漁港の慌ただしい風景が広がっている。

「そういや、船って……」

「学院が用意しているものがあるわ。予約しているから行きましょう」

「あいよ」

どうやらそういった面倒な手続きはやってくれたらしい。

ありがたい、と呟《つぶや》いたレンにルーシーはじと目になって、

「あんた、そんなので大丈夫？　あたしが居なかったらどうするつもりだったの」

「え？　あー、まぁなんとかなるだろ」

最悪、魔力制御を駆使して海の上を歩けばいいと思っていた。魔獣は人間の匂いに反応するし、自分を囮《おとり》にすれば手摑《てづか》みでいけるはずだとレンは思う。

船は魔法工学で動く自動操縦のものだった。大きさは十二メートルくらいで、操舵室《そうだしつ》で設定した目的地を入力すると自動で運んでくれる仕組みだ。便利だなぁと操舵室で感心していると、急にカーテンが閉められ、不満げなルーシーが背中を押し出してきた。

「ほら、あんたは外で着替えて。あたしは中で着替えるから」

「着替え……あぁ、そうか。海戦装備《スイム・ナジェ》ってやつがあるんだったな」

普段そんなものは着ないレンは昨日学院寮の寮監に言って用意してもらったのだ。

手に持っている鞄の中にはルーシーと同じように海戦装備が入ってある。

「言っておくけど」

ルーシーが極寒の視線を向けながら唸るように言った。

「もしも覗《のぞ》いたら……ひねり潰すから」

「どこを⁉」

「ふふ。まぁレン様ったら。ご想像にお任せしますわ」

「こんな時だけ令嬢っぽく言うなよ⁉」

目が笑っていない顔で操舵室の扉をぴしゃりと閉めたルーシーにレンは身震いする。

しゅるる……操舵室から聞こえる衣擦《きぬず》れの音から意識を逸《そ》らそうと、鞄から装備を取り出す。海戦装備《スイム・ナジェ》は身体の輪郭が浮き出るぴっちりとした服だ。

溺死を防ぐ魔導具の一種であるらしく、着用者の魔力に応じて水中で空気の泡に包み込まれる仕組みらしい。ほんとに便利なものだと再び感心しつつ、ピシ、と服を着こんだ。

するると、

「レン、そっちは着替え終わった？」

「あぁ、終わったよ」

操舵室からのくぐもった声に応えると、ルーシーが出てきた。

「お待たせ。じゃあ行きましょうか！」

「あぁ早く行こうって……⁉」

振り返ったレンは思わず言葉が途切れた。

「……？　どうしたのよ」

小首を傾げるルーシーが身に着けているのはレンと同じ海戦装備だ。けれど、男のそれが全身を包むタイツスーツなのと違い、女のそれは水着のようだった。

お日様のような金髪に映える、胸元のあいた紫色のビキニトップ。透き通った絹《シルク》のスカートがひらひらと腰布のように巻き付いている。砂漠の街で見かけた踊り子のようだ。

見惚《みと》れていたレンの視線にルーシーがハッと気付き、素早く胸元を隠した。

「こ、この変態！　どこ見てんのよ！　踏み潰されたいの⁉」

「いや違うって。俺のと違いすぎると思ったんだよ。そんなので戦えるのか？」

「あぁ……なんだ。そっちね」

ルーシーは得心が言ったようにひらひらとスカートを揺らして見せた。

「海の上で戦う時に一番怖いのは海中に引きずり込まれて溺死することだから、海中でも動きやすいようにデザインされているのよ。このひらひらも実は魔導具なのよ？　あたし

の意志に応じて迎撃してくれるの。これで、不埒《ふらち》な輩《やから》が近づいたらちゃんと潰せるわ」

「あんまり聞きたくなかったな、その事実……」

もしもうっかり近づいたらどうするのだとレンは頰を引き攣《つ》らせる。

触手のように動くスカートなど見たくない。海上では気を付けようと心に誓う。

「もっとも、お父様に頼んでデザインは特注のものにしてもらったけど」

悪戯《いたずら》っぽく笑うルーシーである。着替え終わった二人は船を出した。海上にはレンたちの他にも学院生が乗った船が多くいて、その中にはクラスメイトの姿もあった。

こちらに気付いたのは褐色肌で声が大きい男――グレイスたちとは違う一派だ。

「おいハルクヴィル！　お前も猟に出んのかよ。市場で買えばいいのに……！」

「なによ、悪い？　ヘンリー・ロックライト」

「悪いに決まってんだろ。お前の術式が暴走してこっちに当たらないか心配になる！」

「な、ん、で、すって《つ　あ》～～～～!?」

眉を吊り上げたルーシーの傍ら、レンはその男をじっと観察する。

鍛え上げた体、漁師特有の発達した上腕二頭筋、似た大人が付き添っているようだから漁師の子供なのだろう。そいつ――ヘンリーはレンを見て射殺すような目をした。

「お前も調子乗んなよ雇われ野郎！　こちとらいつも授業を中断されてイライラしてんだよ！　世界魔獣料理大会《フェスタ》に向けて少しでも成績を稼いでおきたいこの時期に……！」

「……どういうことだ？」

「学院長が言ってたでしょ。選抜戦は生徒全員が出られるわけじゃないのよ」

ヘンリーの代わりに、不機嫌そうなルーシーが補足してくれた。

「学生枠を競うメンバーは各学年で成績順に選ばれるの。一年生は千人以上いるのだけど、選抜戦に出られるのはそのうち三分の一。大体三百人くらいね」

その中の頂点が世界魔獣料理大会に出られるのだという。

「へぇ……ん？　でもお前、実技壊滅的じゃねぇか。なんで出られるんだ？」

「あたしは座学で学年一位だから！　魔力だってすごいもん！　だから出られるの！」

「ふーん……」

実技で失敗を繰り返すルーシーだが、魔力を制御できれば飛躍的に伸びる余地はある。

恐らく将来性や潜在能力で判断されたのだろう。レンはそう思うことにした。

「――ハッ！　今に見てろ。俺はお前らなんかにゃ負けねぇ！」

「ぉー、お互いがんばろーぜ」

ヘンリーの挑発を受け流すと、ルーシーがじろりと睨《にら》んできた。

「あんた、何か言い返しなさいよ。言われっぱなしで悔しくないわけ⁉」

「いや、別に？」

「あたしはムカつくわ！」

まさか心配してくれたのかと思ったレンだが、すぐに違うだろうと首を横に振る。

恐らく術式が暴走すると言われて言い返せないのが悔しいのだろう。

このあと一人で魔力制御の練習でもしそうな勢いだ。

負けず嫌いだなぁと思いつつ、レンは久しぶりに出た大海原の景色を楽しんでいた。

「ねぇ、そろそろ目的地付近じゃない？」

ルーシーに声をかけられ、操舵室で操作盤を見る。ちょうど目的地に到着したようだ。

「着いたな」と顔を上げれば、先ほどのヘンリー親子が船の上で魔獣狩りを始めていた。

「よっしゃおらぁぁぁあ！」

彼らが狩っているのは口の先端に鋭いトゲが生えた魔獣だ。体長は三メートルほど。

先端に生えたトゲを矢のように射出して獲物を殺す海の狩人《かりゅうど》。

カトラリスと呼ばれる魔獣である。

トゲが飛んだ。

「ルミール流調理術式『油流し《ラ・コンテ》』！」

ヘンリーが大型包丁を振るい、魔獣のトゲをはたき落とす。ぬらりと刃先を艶《つや》めかせているのは粘性の油だ。ルミール流は空気中の水分から独自の油を生成し、何十種類ものオイルを使い分ける油料理の最先鋒《さいせんぽう》。鋭いトゲで刃こぼれするのを防いでいるのか。

「もったいない。あいつのトゲ、潰して煮込んだら良い出汁《だし》出るのに」

カトラリスは群れで行動する。何匹もまともに捌いていたら対処が追いつかないのだろう。事実、こうして戦っている今もヘンリーには疲労が見え始めていた。

「とはいえ……やっぱりあいつも猟理人ってことか」

猟理人の力は調理術式だけではない、むしろキッチンで作り出す魔食効果がメインだ。トゲを捌く息子の呼吸の合間を縫って、父親のほうが息子に魔獣料理を食べさせていた。

疲労回復の魔食効果と思われる光がヘンリーの身体に灯る。みるみるうちに動きが良くなったヘンリーが、カトラリスの攻撃をいなしていく——

「ちょっと！　こっちも負けてらんないわよ！」

「お前は何と張り合ってんだ」

戦意を滾《たぎ》らせたルーシーに「マイペースで行けばいいだろ」とレンはなだめておく。

カトラリスは課題の食材ではない。本命《グレートシャーク》のほうは腹が減らないと狩りに来ないから、気長に待つのが得策だ。今の間に少し寝てこようか……とレンが思い始めると、

「あ、見てあれ！　グレートシャークじゃない⁉」

ルーシーが弾んだ声をあげた。レンは船首に移動する。

見れば、ヘンリー親子が漁をしている付近で魚が跳ねていた。体長三メートルほどの巨体魚。灰色の体軀《たいく》にヒレがやたら長い。確かにグレートシャークだ。

「でも……ちょい待て」

「何よ、早くしないとあいつらにとられちゃうわ！」

早速船を移動させようとしたルーシーの動きにヘンリーが目ざとく気付いた。

レンたちの視線の先を見てハッとしたように目を見開き、にやりと笑う。

「よっしゃぁあ！　課題の食材げぇーっと！　お先にいただくぜ！」

「おい、待て！」

「誰が待つか、バ～～～～～～～～～～カ！」

「違う、罠《わな》だ！」

レンの叫びに父親が顔色を変えた。慌てて息子を止めようとするが、もう遅い。

ザバァァアァン！　と激しい波の音が響き、巨大な魔獣が現れる。

ぬめぬめと、船のライトに照らされて体表が輝く。十二本の触手が波の上に現れ、船を絡めとろうと動き出していた。体表は毒々しく、紫色をしている。

クラーケン。狩猟難度七ツ星の魔獣であり、本来はもっと沖合に生息する海の悪魔だ。

その体表は見るからに恐ろしく――その触手は凶悪の一言だった。

「うわぁあぁああ!?　な、なんでこんなところにこんな化け物が!?」

ヘンリーは錯乱したように触手を迎撃するが、触手の表面はぬめっており、包丁が滑る。父親のほうも同じだ。触手の動きに対応できず、船が触手に絡めとられてしまった。

「あ、やばそうだな」

目の前の惨状を見ながらレンは呟いた。クラーケンはあのまま船ごと海に引きずり込んでしまうつもりだろう。油を操るルミール流とクラーケンでは相性が悪すぎる。

悲鳴をあげたルーシーのスカートが翻《ひるがえ》り、海から飛び出したカトラリスを風の刃が迎撃していた。便利な装備だ。やたらと揺れる胸は見えないことにしておく。

「おいルーシー揺らしすぎ……じゃない、落ち着け」

「何言ってるの、早く助けないと！　ヴェ、ヴェルネス流調理術式……！」

「落ち着け馬鹿！　魔力の制御ができないお前が術式を使ってどうすんだ。クラーケンごとあの親子を海の藻屑《もくず》にするつもりか⁉」

「じゃあどうすればいいのよ⁉　このまま黙って見てるわけ⁉」

「だから落ち着けって。相手はたかがクラーケンだろ。俺が行ってくる」

船の縁に身を乗り出すレンに、ルーシーは慌てた様子で、

「ちょ、嘘でしょ⁉　一人でやる気⁉　クラーケンの恐ろしさ知らないの⁉　グリフォンを倒したあんたでも、海の中にいる魔獣には……！」

「はぁ？　別に、あんなのただ触手が多いだけだろ」

実家の連中なら七ツ星なんて赤子の手をひねるように倒してのける。

さすがにレンはそんなことできないが、クラーケン程度なら自分一人で充分だ。

レンは船べりを蹴り、触手まみれの船に乗り移った。

触手に絡めとられたヘンリーは、操舵室の壁に身体を押し付けられて呻《うめ》いている。

「あ、が……じょ、しゅ……た、たす、け……」

「ん。まだ生きてんな？　よかった」

レンは散歩の途中で出会ったように軽い調子で笑った。

ひゅんひゅんと高速で襲い来る触手を避けながら包丁を構える。

「ちょっと！　いくらあんたでも一人じゃ無理よ！　早く救援を――」

ルーシーが背後で叫んだその瞬間だった。

「よっと」レンは包丁を縦横無尽に閃《ひらめ》かせ――

ヘンリー親子にまとわりついていた触手を、粉々に切って見せた。

「「は？」」

足場は不安定だが、特に問題はない。

実家のある最果ての地では魔獣がひしめく森の中を飛び回ったものだ。

「ゲホ、ゲホ、何なんだ、この子……何をやってるのかまったく……」

「腕が立つってのは先生から聞いたけど……ここまで……」

だから、レンには彼らが何に驚いているのか分からない。

（あー。もしかして調理術式を使ってないことか？　まぁでも、この程度の敵なら）

レンは数千回と読みこんだ本の内容を暗唱する。

『誰でも出来る勇者の魔獣調理術・大型魔獣編。クラーケンは根気よく斬りまくって、ただーん！　と叩《たた》こう！　頭をデコピンするのも忘れずにね！　勝負は触手が五十本に増えたときだよ。海の中に飛び込んで、ぐぉおお！　って倒してしまおう！　ちゃんと狩猟できたらタコパして食べてね。タコじゃなくてクラーケンだけど！』つまり、クラーケンは触手を切りまくると魔力で身体を強化するから旨味が激増するってことだ。あいつは頭が弱点だから、頭を叩き生存本能を刺激して触手の熟成を待つ。五十本の触手が出てきたとき、あいつの触手はとんでもない美味さになってる……ってことだな」

「お、お前、なにぶつぶつ言ってんだよ」

ぶつぶつと呟くレンにヘンリーが引いたような顔をした。

「あ、墨が来る。ラッキー」

海面からパスタなどにも使える大量の墨が噴き出した。黒い濁流のようなタコ墨を船に備えられたバケツで回収しながら、レンは墨が吐かれた海面を見て笑った。

「みーつけた」自分たちの船に振り返り、

「ルーシー、銛《もり》をくれ！」

「え、あ、分かったわ！」

ルーシーが船の装置を作動させて放った三メートル近い銛を飛んでキャッチし、レンは冷たい海の中に飛び込んだ。海中はクラーケンの領域だ。無闇に飛び込めば命はないが、問題ない。海戦装備が身体を空気の泡で包んでくれたし――

『誰でも出来る勇者の魔獣調理術』には、海での戦い方も書かれてある。

（魔力を足に集めて、足場のように蹴れば……！）

雲の切れ間から差し込む月明かりが冷たい海の中を照らす。目線は真下――居た。

燃えるような赤い目で、クラーケンがレンを睨んでいた。

（そう睨むなよ。美味しく食べてやるからな）

触手が伸ばされる、弾いた。さらに触手、切り裂く。それを何度も繰り返す。

熟成された旨味成分がきらきらと海中を漂い、頭を叩くと五十本近い触手が出てきた。

――熟成完了。終わりだ。

斬ッ！　飛ぶ斬撃が、クラーケンの頭を一刀両断する！

断末魔の叫びはなかった。目から光が喪《うしな》われ、海の悪魔は海中へ沈んでいく。

レンは返しのついた銛をクラーケンに突き刺し、ついでにグレートシャークを手摑みで水揚げする。体重三百キロほどだろうか。なかなか大きくて食べ応えがありそうである。

鞄を投げ捨てる要領でグレートシャークを船の上に投げ落とした。ざばぁん……と海水を払い落としながら船に上がると、頬を引きつらせたルーシーが迎えてくれる。

「……海の中で、クラーケンをあっさりと……あんた、本当に何者なの？」

「ん？　いや、ただの雇われ助手だけど。何言ってんだ雇い主」

「た、ただの助手が、クラーケンを倒したっていうの？」

「クラーケンなんてでかいだけだろ。これくらい普通だ」

世界にはもっと恐ろしい魔獣がうじゃうじゃいる。

まだ猟理人《プロ》の現場を知らないルーシーが分からなくても無理はないかもしれないが。

「……これが普通？　ありえないわよ。クラーケンを単独で倒した人なんて聞いたこともないわ。こいつの認識ってどうなってるの……？　いえ、負けちゃだめよ、あたし。ちゃんと技術を盗まないと……ってあんなのどうやって盗むの!?」

「何ぶつぶつ言ってんだ？」

ルーシーはハッと顔を上げ、キッと射殺すような目で睨んできた。

「はぁ？」

「あんた、もっと参考になるような戦い方しなさいよ……！」

「あたしだって、あたしだってクラーケンなんて楽勝で……やっぱ無理〜〜〜！」

訳が分からん。頭を抱えて涙目になったルーシーをレンは放置することに決めた。

思春期の乙女の調理法は愛読書にも書かれていないのである。

しかし、暴れる乙女はレンの放置を許さず、何かを言おうとしていた。

もじもじと口を閉じて、開いて。閉じて。そして意を決したように踏み出し、

「ねぇ。聞きたいんだけど——」

「──お、おい、あんた、大丈夫か？　怪我はないか⁉」

ルーシーの言葉を遮り、ヘンリー・ロックライトの父親が声をかけてきた。

不満げに頬を膨らませたルーシーに苦笑しつつ、レンは「おう」と振り返る。

「こっちは大丈夫だよ。あんたらは？」

「おかげで命拾いした。ほんとにありがとなぁ」

「いいよ別に。困ったときはお互いさまだろ」

そう言って笑うレンに、ロックライト父は感極まったように瞼《まぶた》を押さえ、

「……この恩は一生覚えておく。おい、テメェもツラ下げろ！」

ヘンリーのほうが前に進み出てきて、

「……わ、悪かった……その……ありがとう」

「あぁ、いいよ」

「もっとハキハキ喋《しゃべ》れねぇのか！　さっきまでの威勢はどうしたこのバカ息子！」

「う、うるせぇ！　こちとらプライドがズタズタにされてんだ、労《いたわ》れクソ親父《おやじ》！」

レンは口喧嘩《くちげんか》をする親子を見て口元を緩める。

（なんかいいなぁ……こういうの）

父のほうは息子を叱りつけているが、そこには明確な『愛』がある。

そんな二人の姿が微笑《ほほえ》ましく──心のなかが、ズキリと痛んだ。

「いや、今はそんなことより」

レンは首を振って気分を切り替え、舌なめずりした。

鎖で繋がれたままのクラーケンを見ていると、食欲と共に腕が疼《うず》きだした。

「クラーケンを食べるのって久しぶりだな……」

「悪いけど、あたしは調理できないから任せるわよ。どうやって調理するつもり？」

疼きが限界を迎え、レンは熱に浮かされたように語り出す。

「そうだな。まずはタコ焼きならぬクラーケン焼きだろ、それから煮付け、姿煮、カルパッチョも外せないよな。酸っぱいバルサミコソースをかけて食べたら美味いぞぉ。あ、酒のあてで言うならオリーブ漬けとかもアリだな？　あとクラーケンの足の中にじゃがいもと岩ノリを詰めて焼いたら絶品なんだ。手間をかけるならパスタやピザも捨てがたい。サラダにも使えるし、墨をベースにした墨ラーメンも良い。墨を練りこんだ麺を脂たっぷりの豚骨出汁につけて辛味を加えたクラーケンの墨を入れると旨味倍増だ。クラーケンの旨味がしみだして、それにふわふわのチャーシューなんか添えたらもう――」

ぐぅう、と腹の虫が鳴った。

レンではない。見れば、ルーシーが腹を押さえていた。彼女は顔を真っ赤にして、

「馬鹿。あんたのせいでお腹空いてきたじゃない。責任取りなさいよね！」

「おう、じゃあ帰るか」

クラーケン調理はレパートリーが豊富だ。楽しくなってきた！

◆

ルーシー・ハルクヴィルは悩んでいた。

「ヴェルネス流調理術式『大気膨張《エア・バースト》』！」

海中で暴発する術式に任せてクラーケンをけん引する。海中に風を発生させ、ジェット噴射の要領でクラーケンを押しているのだ。揺れる波と船の推進力も手伝い、無事に数十メートルの巨体を引っ張ることができた。地上なら船を沈めそうな威力だ。制御できない術式に魔力を吸われながら、ルーシーは助手の背中を眺めていた。

（……あいつ、すごいとは思っていたけど、まさか、ここまでなんて）

クラーケンは海上に顔を出さないことで知られ、触手を切られても再生し、どこまでも追ってくる。以前、七ツ星猟理人のチームが討伐に向かったが誰一人帰らなかった。

以来、人はクラーケンをこう呼ぶ。

絶海危険海獣クラーケン。現れたが最後、脇目も振らずに逃げろ。

目の前にいる助手はそんな魔獣をいとも簡単に倒せる実力者だ。

グリフォンの幼生を手懐けていることから想像はしていたが、目の前でクラーケンを倒されると説得力が違う。今や彼に対する認識を改めねばならない。それはいい。

（でも、なんでそんな実力を持つ人が、あたしの助手に甘んじているの？）

その問いを先ほど口にしかけたのに、ロックライト父に邪魔されてしまった。

（……ねぇ。あなたは一体、何者なの？）

◆

「レン。今回はありがとう。助かった」

「いいって。困ったときはお互いさまだろ」

全長数十メートルにもなるクラーケンの巨体が港に佇《たたず》んでいる。

一時間ほど調理術式を使い続けたルーシーを労ったレンは、ヘンリーと話していた。既に三人はいつもの制服に着替えている。ヘンリーは海上とは別人に思えるほど態度を変え、レンを見る目は尊敬のまなざしだ。あまりの変わりように苦笑をこぼすと、

「やぁ！　派手にやったようだね、レン」

学院のほうからルーシーの父親、エヴァン・ハルクヴィルがやってきた。

ニヤニヤ笑う男に、顔を真っ赤にしたルーシーがたまらず悲鳴をあげる。

「お、お父様！　なんでこんなところに⁉」

「おや、父親が娘の様子を見に来ちゃ悪いかい？」

「そ、そうじゃないけど！　恥ずかしいじゃない！」

「ふふふ。照れている娘も可愛《かわい》いね……っと、そう怒らないでくれ。実際のところ、クラーケンの出現情報を聞いて駆け付けたんだよ。そこの漁師親子が知らせてくれたんでね」

エヴァンの後ろにはぽかん、と口を開けた魔獣猟理人たちが立っていた。

「単独で、クラーケンを……まるで噂《うわさ》に聞く『伝説の再来』のようでは……」

「いやいや、どんな実力だよ。ちょっと測定眼で魔力を見て……」

「馬鹿。人の魔力を勝手に盗み見るのは猟理人規定違反だぞ。プロなら弁《わきま》えろっ」

何やらぼそぼそ言っている。本当なら彼らがクラーケンを狩る予定だったのだろう。

――まぁ、狩猟は基本的に早い者勝ちだから。恨みっこなしってことで。

レンは久しぶりに食べるクラーケンのことで頭がいっぱいだった。

彼らを意識の中から追い出し、いつの間にか祭壇に安置されたクラーケンを見る。

最大限まで旨味が熟成されたクラーケンはきらきらと光っていた。

「おっちゃん、あいつの引き取り頼む。ついでに調理器具があるなら貸してほしい」

「もちろん構わないとも。既に用意してあるし、瘴気《あさめし》も浄化したよ」

「さすが！　船にあった小型祭壇で浄化してたら朝飯に間に合わなかったところだ」

既に海へ出てから三時間以上経《た》っており、空が白み始めている。

獲れたての食材を調理し、潮風を浴びながら食べる料理は格別に美味いだろう。

レンは腕まくりをしながら水揚げされたクラーケンの巨体と向かい合う。

「ふぅ……よし」

その瞬間、空気がピリつき、レンの表情は戦場に立つ男のそれに変わる。

まずは白い泡が出るまで目と目の間を突く。苦味の元になるクラーケンの唾液を吐き出させ、水で洗ってから沸騰したお湯の中に放り込む。こうすることで臭みを取り、氷水につけると身が引き締まってさらに旨味が増す。

「よし、次は足だな」

吸盤の横から切れ目を入れる。一本の触手あたり百個くらいに分け、ボウルの中に放り込む。塩をまぶして五分置き、酒で洗う。これで生臭さが消えて美味しくなるのだ。

ちなみにこれは商店で買った鮮度の良くない刺身にも使える手法で、勇者がいたニホンでも使われていたようである。次に煮物用の切り身にショーユと酒、みりん、砂糖を仕込んで鍋にかける。それぞれ一対一、あとは水を七倍入れるのが黄金比だ。

「ことこと煮てたら腹減ってきたな。さて、次は……」

煮込みを仕込んだ後、別の触手に刻んだバジル、塩と胡椒《こしょう》を混ぜてから味を調《ととの》えた。

衣をまぶして揚げると、油が元気よく跳ねて、じゅわぁ、じゅわぁ、と食欲を煽《あお》る。

それから十分後。

「――よし、完成だ！」

パスタ、ピザ、カルパッチョ、バジル揚げ、オリーブ漬け、煮物、墨ジュース。

その他合わせて、大体十品ほどがテーブルの上に並んだ。

(他にも作ろうと思えば作れるけど、手早くできるのはこれくらいかね)

ふぅ、と充足感を感じて、レンは息を吐く。

そんな彼を見て周りは呆然《ぼうぜん》と目を丸くしていた。

「おい、あの子、クラーケンを捌いてから調理完了まで三十分もかかってないぞ」

「……あんなの、並行作業が多すぎて頭がおかしくなりそう」

「いや、そもそもどうして学生がクラーケンの調理法を知ってるんだ⁉」

にわかに騒がしくなるクラーケン討伐部隊の面々。

その中から、急いだように体格のいい男が駆け寄ってきた。

「君、名前は⁉　どこかに所属しているのか⁉　つまり、猟理人のチームに！」

「え？　あー、今は学院に……」

「では無所属だな⁉　ならば卒業後はぜひうちのチームに――」

「「こらぁ！　抜け駆け禁止！」」

どどど、とクラーケンを調理したレンに人の波が押し寄せてくる。

「そんなむさくるしい男よりぜひうちに！」「可愛い坊やならお姉ちゃん歓迎するわ！」

「ウチは王家とも繋がりがあるチームだ！　名をあげたいならぜひうちに！」

どう返していいものかと迷っていると、ルーシーがぽかんとした様子で、

「あんた、狩猟だけじゃなく、調理もここまで……？」

「お前まで何言ってんだ。まったく」

何やら言いたげなルーシーにレンは料理を載せた皿を突きつける。

「いいからさっさと食べろよ、冷めるだろ。ほれ、タコ焼き。クラーケンだけど」

「わぁ」ルーシーは目を輝かせて皿を受け取る。ほかほかの湯気を立てるクラーケン焼きに爪楊枝《つまようじ》を刺し、ゆっくりと口に運んだ。

はふ、はふ、と艶《つや》やかな唇が半開きで息を吐く。

ごくん、と喉を鳴らしたルーシーの目は輝いた。

「美味しい！　めちゃくちゃ美味しいわ！　なんでこんなにふわふわしてるの？」

「ふふん。タコ焼き――まぁクラーケン焼きだけど。回転させる時に百八十度回転させずに九十度で済ますことがコツだ。空気が入ってふわふわになるんだよ」

「普通のタコ焼きじゃない……濃厚な旨味があふれてくるわ。なんなの、これ？」

「俺の愛読書に書いてあるんだが、クラーケンってのは触手を再生させればさせるほど旨味が倍増するんだ。魔獣料理は狩りの時点で調理が始まっていてだな――」

「なるほど……勉強になるわ」

ルーシーは噛みしめるように食事を再開。ロックライト親子も感動で頬を緩ませ、レンを取り囲む猟理人たちも、エヴァンに配られた料理を喜々として食べていく。

そういうエヴァンも嬉しそうにクラーケン料理を食べている。

「うん！　さすが僕の見込んだ男だ。やっぱり君の料理は最高だね、レン！」

「ありがとよ、おっちゃん」

美味しいと言ってもらえると嬉しい。レンがそう笑い返すと、

「──ねぇ」

意を決したように、ルーシーが口を開いた。

吸い込まれるような碧眼《へきがん》に思わず惹《ひ》きつけられ、

「あんたこんなに調理ができるのに、なんであたしの助手やってんの？」

頭から冷や水を浴びたような気分だった。夢の時間が終わり、どうしようもない現実に連れ戻されたレンはルーシーを見る。誤魔化しを許さない真摯な瞳がそこにあった。

「あんた一体、何者なのよ」

「それは」

「あんたほどの腕があるなら、学院の試験くらい余裕で受かるでしょ。生徒になればいいじゃない。いや、というより学院に入る必要さえないわよね。免許さえなんとかすれば、プロとしてやっていけるでしょ……今も、めちゃくちゃスカウトされているし」

レンはおのれの失態に気付き、天を仰いだ。

——あぁ、失敗した。クラーケンなんて、調理するんじゃなかった。

顔から血の気が失せたレンを見かねたように、エヴァンが割って入る。

「ルーシー、彼は……」

「いや、言う。自分の口で言うよ、おっちゃん」

ルーシーには自分で言わなければいけない気がした。

そうすることが、真剣に料理に向き合っている彼女に対する礼儀だと思うのだ。

——たとえその結果、失望されることになったとしても。

「なぁルーシー。勇者って知ってるか？」

「ふざけてるの？　知らないわけないじゃない。女神が召喚した勇者でしょ」

「あぁ、そうだ。なら、勇者に子孫が居ることは知ってるか？」

「そりゃあ、居てもおかしくないでしょ。勇者は当時の王女と駆け落ちしたって噂だし」

そこでルーシーは何かに気付いたように「まさか」と目を見開いた。レンは頷《うなず》く。

「あぁ、そうだ。俺はその勇者の末裔《まつえい》だ」

「⁉」

飛び上がるように肩を跳ね上げたルーシー。

口をぱくぱくと動かした彼女は周りの目を気にしてかゆっくりと息を落ち着かせ、

「ゆ、勇者の……なるほど。だからあれだけ……いやでも待って。なんで勇者の末裔があたしの助手なんかしてるの？　それこそ【七食聖】に選ばれていてもおかしくは……」

「まだ気付かないのか？」

「は？　なにが？」

胡乱《うろん》げなルーシーに、レンは自嘲気な笑みを浮かべて告げた。

「さっき食べた料理に、魔食効果がなかったことにさ」

「……あっ!!」

ルーシーの手から皿が滑り落ち、がしゃん、と地面に落ちた。

そう、そういうことだ。

「なんでお前の助手をしているか。これがその答えだよ。俺の料理はただ美味いだけだ。美味い料理を作っても、猟理人にはなれない。プロなんて務まるわけがないんだよ」

「……そん、な」

「俺は生まれつき、魔獣の魔力を消してしまう『抹消魔力』持ちらしくてな。魔食効果みたいに内側から取り込む分には問題ないけど。魔力を放出……調理する時に食材に触れると、手先からあふれる魔力が魔獣の魔力を消しちまう」

そして問題は、それだけじゃない。

「抹消魔力持ちの俺は、調理術式が使えないんだ」

「……っ！」

学院でレンが見てきたように、猟理人にとって調理術式は必須技能だ。

どの流派を選ぶかは個人の選択次第だが、調理術式が使えない猟理人には、猟理人を名乗る資格すらない。狩猟や調理においても、現場では足手まといなだけだ。

「勇者の末裔といっても、俺には魔食効果も、調理術式もない。ただの落ちこぼれだ。実家じゃ俺なんか腫れもの扱いさ。お前が言うほどの男じゃないんだよ」

「そんなこと……！」

「あるんだよ。分かるだろ？」

大調理時代が発展してきたのは魔食効果の存在が極めて大きい。

人間の身体能力を大きく引き上げ、時に不治の病すら解決する魔獣料理は、それだけの力を持っている。悪用すれば国が傾く。だから国際魔獣料理連盟《ユニオン》が管理している。

今日串焼きを食べた屋台のように、魔食効果を謳《うた》って客を集めるのは常套《じょうとう》手段だ。

魔食効果を完全に打ち消す人間に、猟理人たる資格はない。

調理の際に魔食反応を発生させない男……一族はレンを『無色』だと蔑んだ。

「あ、あー……君、さっきの話だが」

その時、最初にレンをスカウトしにきた男がそっと近づいてきて、

「あれは、なかったことにしてくれ。悪いな。それじゃ」

「ちょ、あんた――！」

引き止めようとしたルーシーの前にレンは手を掲げ、努めて明るく笑って見せた。

「ほら、言った通りだろ？」

「……っ！」

レンが魔食効果を打ち消したことが伝わったのか、その場にいた者たちに失望にも似た空気が広がり、周りにいた者たちもレンをちらちらと見ては潮が引くように遠のいていく。

哀れみと嘲《あざけ》りを含んだ彼らの目から逃れるように、レンは路地裏の陰に入った。

「ま、待ちなさい、まだ話は終わってないわ！」

肩を掴《つか》まれ、レンは後目で彼女を見る。

逆光になったルーシーの顔は影になっており、俯《うつむ》きがちなレンには彼女がどんな顔をしているのか分からなかった。声音だけ聞けば引き止めているように聞こえるが、今はまだ、期待していた助手の実情に戸惑っているだけだろう。

――これで、こいつとも終わりか。

何度もレンの料理を捨てたばあやと同じく、彼女もまたレンを見捨てるはずだ。

苦労して作った魔食効果を打ち消す助手など邪魔なだけ。調理術式も使えない自分など、可能性に満ちた彼女には相応《ふさわ》しくない。そんなの、ずっと前から分かっていたのに。

「もう、終わったよ。全部話した。俺が落ちこぼれだって、身をもって分かったろ？」

「分かんないわよ！」

どん、と胸を叩かれた。

レンの胸に顔を埋めたルーシーの真下に、光の粒が零《こぼ》れ落《お》ちていく。

え。と戸惑うレンをよそに、彼女は縋《すが》りつくようにまくしたてた。

「あたしは、すごく美味しいと思った。感動した。あんたの料理を食べて、幸せな気持ちになれた！　それじゃダメなの？　あんなにすごい腕を持つあんたが、なんでそんなふうにならないといけないの？　そんなの、おかしい。絶対おかしいわよ！」

彼女の言葉のどれもが温かくて、切ないほどの温《ぬく》もりにレンは胸を締め付けられた。

暗がりの中に、その声音は優しく染み渡っていく。

ゆっくりと顔を上げたルーシーの顔を間近に見て、レンは大きく目を見開いた。

「お前……」

彼女はずっと、レンのために涙を流している。

「なんで、お前が泣いてんだよ」

「だって、悔しいんだもん……あんた、あんなに良い顔で調理するのに……それなのに、もって生まれた体質のせいで猟理人になれないなんて、悔しいんだもん！」

「別に、もう慣れたし……」

「せからしか！　あたしが嫌なの！　胸がざわざわして、お腹がぎゅって苦しいのよ！」

止まらない涙を拭おうと、ごしごしと瞼《まぶた》をこするルーシー。

気持ちはありがたいと思うが、レンは十七年間、この体質と付き合ってきたのだ。

今さらどうしようもできないし、どうにかしようとも思わない。

「気持ちはありがたいけど……俺は、もう諦めたんだよ」

何も持たない自分にはこの暗闇がお似合いだ。そう言おうとしたのに。

「――なら、証明しましょうよ」

決然と、ルーシーは言い放つ。

彼女は胸に手を当て、空に木霊するような大声で叫んだ。

「世界魔獣料理大会《フェスタ》で優勝して、あんたがすごい奴だって、一緒に証明しましょうよ！」

「……わけ、わかんねぇよ。お前、なに言って」

「あたしと来なさい、レン！」

その瞬間、路地裏に朝焼けの光が差し込んだ。

後光が闇を晴らし、光の衣を纏ったルーシーを見てレンは息を呑《の》んだ。

いつも見慣れた顔が覚悟を決めた戦士のように引き締まり――

その瞳は、確固たる決意に満ちていた。

「魔食効果も、調理術式もなくていい。どれだけ周りが否定しようが構わない。そんなものがなくても、あんたの作るものは最高なんだって、二人で証明するのよ！」

絶望に搦《から》めとられた手を、光に包まれた手が無理やり引っ張ろうとする。

――やめろ。希望を見せるな。どうせお前も、ばあやみたいに……！

裏切られた過去に縛られ、自ら暗がりに身を置くレンをルーシーは諦めない。

「レン。周りの言葉なんて聞かなくていい。そんなのどうでもいいの！　あたしはあんたの腕が欲しい。あんたの料理をもっと食べていたい！　だから」

ルーシーは深く息を吸って、

「大好きな料理を、あたしの隣で続けなさい‼」

がつんと、頭が殴られたような気分だった。

魔食効果が、調理術式がなければ、猟理人の資格なんてないと思っていた。

今まで誰もそんなことを言ってくれなかった。

仕方ない。体質だから。役立たずだから。成りそこないだから。向いてないから。

そんな冷たい言葉を並べるばかりで、ありのままでいいなんて言ってくれなかった。

（……なのにお前は、そう言ってくれんのか？）

暗がりの中にいるレンは、ルーシーの眩《まぶ》しい輝きに照らされていた。

ぐい、と手を引っ張られ、はらりと、レンを縛る鎖が光に溶けて消えていく。

たたらを踏むように暗がりから連れだされたレンは、ルーシーの温かい光に包まれる。

モノクロだった世界が鮮やかに色づき、生まれ変わったような感動が胸を満たす。

「レン。返事は？」

涙を拭い、いつもの自信ありげな顔で問いかけたルーシー。

短気で怒りっぽいけれど、まっすぐで、人一倍熱い心を持っている彼女。

そんな彼女の隣でなら、自分も料理を続けていられるのだろうか。

魔食効果も調理術式も関係ない。

ただお前が欲しいと、認めてくれた彼女に応えてやれるだろうか。

——あぁ、そんなの、決まってる。


「ははッ」

レンは瞼を震わせながら顔を歪《ゆが》め、挑発的に口の端を吊り上げてみせた。

「シュークリーム一つ満足に作れない奴が、よく言うよ」

「う、うっさいわね。すぐにできるようになるわよ！」

「大体、お前が世界一になっても俺の力が証明されたことにはならないだろ。俺は食材調達以外役に立たねぇし。いつかお前が俺を必要としなくなる日が、必ずやってくる」

断るようにルーシーに背を向けると、悲しげな声音が耳朶《じだ》を打つ。

「……じゃあ、あんたは……」

「——でも、まぁ」

レンは頬を緩め、ぐい、と瞼を拭って振り返った。

「優勝云々はともかく、お前と一緒に居ると退屈しないからな」

「……っ」

「もう少しだけ付き合ってやるよ。大会、一緒にぶちかまそうぜ」

「……っ、うん！」

レンの言葉に、ルーシーは満開の花が咲いたように笑った。

ありがとう、というレンの呟きは、潮風にさらわれて消えていった。

◆

「レンさん、クラーケンを倒したんですって？　それも調理術式を使わずに！」

翌日の早朝である。授業開始前の騒がしい時間、レンがいつものように廊下で待機しようとすると、アマネが開口一番に距離を詰めてきた。目を輝かせる彼女にレンがあいまいな笑みを浮かべて誤魔化そうとすると、ニヤニヤしたルーシーから肘で小突かれる。

――こいつ、ひとごとみたいに面白がりやがって。お前も共犯なんだぞ。

沖合からクラーケンをけん引できたのはルーシーの馬鹿みたいな魔力があってこそだ。

アマネはどこでその話を……と教室を見れば、ヘンリーが大声でクラスに語っていた。

「本当なんだよ！　あいつ、目の前でクラーケンの触手をぶった切りやがったんだ！　揺れる船の上でだぜ？　まるで噂の『伝説の再来』みたいでカッコよくてさぁ……！」

（誰かと思えばあいつが原因か……おっちゃんの情報操作、意味ねぇじゃん）

クラーケンの討伐はクルーエル新聞の朝刊に大きな見出しが載っていたが、あれはレンたちの仕業ではなく魔獣討伐部隊の功績だとエヴァンが細工をしてくれたのだ。しかし、人の口に戸は立てられない。いずれあの場に居た誰かから話が伝わるだろうと思っていたが、特にヘンリーの舌は油乗りがよく、滑らかに回っている。さすがルミール流だ。

——教官とかシュナイダーの目も熱っぽいし……失敗したかなぁ。

食欲に負けた昨日の自分を恥じる思いだ。とはいえ、そのおかげでルーシーと少しは通じ合えたのだから、むしろクラーケンには感謝すべきか。

「……チッ。嘘つきどもが騒々しい。あんな奴にクラーケンが倒せるわけないだろう」

もちろん、グレイスなどは相も変わらない様子だったが、気にすることでもない。そうこうしているうちに担当教官がやってきて、喧騒《けんそう》に満ちた教室へ告げた。

「ホームルームの時間です。と、その前に今日は転校生を紹介します」

静粛に、と声をかける担当教官。生徒たちは興味ありげに顔を見合わせていた。他人ごとだと思って見ていたレンだが、廊下の向こうから女が現れた瞬間、肩が跳ねた。

感情を出さない無表情。透き通ったルビーの瞳。雪のように儚《はかな》げな銀髪。

なんでこいつがここに居る？

「久しぶりね、レン」

レンの従妹——サリア・アーキボルクはそう言って笑った。

◆第三章　光に潜む闇

突然現れた転校生、しかも超がつくほどの美少女。

男子はおろか、女子までほう、と息を吐く美貌に、誰もが見惚《みと》れていた。

彼らのように他人ごとならどれだけいいか。当事者である今は気が重くて仕方がない。

「……サリア」

「レン」

自分の名前を呼んだ転校生に、口の中に苦いものが広がるのを感じる。

廊下でのやり取りに教室内の者たちは窓から顔を覗《のぞ》かせ興味津々の様子だ。

「え？　知り合い？」「嘘《うそ》だろあの美少女と⁉」「あの助手、まじ何者？」

ルーシーは口をぱくぱくと開け閉めして、アマネは口元を押さえており、シュナイダーは黙ったままこちらを見守っている。教官が「あのー、教室に入ってくれます？」と促しているのだが、サリアは無視。それどころか、レンに向けて距離を詰めてきた。

「レン……会いたかった」

ふわり、とレンの身体《からだ》を包み込むように抱きしめる。

黄色い悲鳴、怒号、他クラスまでもが注目するなか、彼女の息が耳に吹きかかる。

「ずっと……ずっと探してた」

「俺は会いたくなかったよ」

女の子の香りにどぎまぎしつつも、レンはめんどくさそうに肩を竦《すく》めた。

すると、ようやく硬直が解けたルーシーが「な、なななな」と足早に廊下に出て、

「あんた、何してんの⁉　こここここ公衆の面前でッ、破廉恥な！」

「これは……愛ある行為。私たちにやましいものなど、ない」

「決め顔で言わないでくれる⁉　レン！　あんた、これどういうこと⁉」

「怒鳴るなって。サリアも、誤解を招くようなこと言うな」

思わずため息をつきながら、レンはサリアの肩を押し返す。

「こいつは俺の幼馴染《おさななじみ》で、従妹だ。恋人とかそういう関係じゃない」

「そう。私たちはそんな浅い関係に収まらない……将来を誓い合った、許嫁《いいなずけ》」

「「許嫁ぇ⁉」」

「ちょ、ちが」

「忘れもしない。三歳のころ……二人でお風呂に入っている時に、レンが言ってくれたの。『大人になったら僕が君を幸せにするよ！』あのプロポーズは……一生忘れない」

「だから何歳の話してんだよ⁉」

思わず突っ込みを入れるが、ヒートアップした周りは聞きもしない。

ルーシーは呆然《ぼうぜん》としている。口から魂みたいな何かが出ていた。

「ルーシーさん、戻ってきてぇ!?」

助けに出てきたアマネがルーシーの口から出ていた何かを押し込み復活させる。

ハッと我に返ったルーシーは大股で歩きながらサリアに詰め寄った。

「ちょっとあんた！　サリアなんとか！」

「「修羅場だ……！」」

教室に激震が走る！

サリアの正面に立ったルーシーは、がばッ、とレンの右腕に抱き着いた。

「ねぇあんた、許嫁だかなんだか知らないけどね、ちょっと距離が近すぎない!?　ここは学院で、あ、あとレンはあたしの助手なんだけど！　レンが嫌がってるでしょ！」

ぎゅう、と右腕を柔らかな胸に包まれ、レンは「お前も近いんだが」と突っ込んだ。

すると何を思ったのか、サリアは対抗するように硬い胸で左腕を抱きしめてきて――

「いいえ。私とレンは魂で繋《つな》がった生涯のバディ。そもそもレンの家格はあなた程度」

言葉の途中でレンは顔色を変えた。

「ちょ、ちょいちょいサリア！　お前、ちょっと、こっち来い！」

「やん、レン。学院で子作りなんて……大胆。せめて人のいないところで……」

「レンっ!?」

レンはルーシーを引きはがしてサリアと共に廊下の奥へ向かう。

ちらりと後ろを見れば、背後、こちらに手を伸ばしたまま固まるルーシーの姿が。

「「ハルクヴィルが負けたぁあああああ!」」

好き勝手に盛り上がるクラスメイトに突っ込む気力も起きなかった。

(悪い、ルーシー。ちょっと話をつけてくるだけだから)

教室から離れようとすると、呆《あき》れたような教官の声が耳朶《じだ》を打った。

「あの、転校生の紹介はまだ終わってないのですが……?」

すいません。心の中で教官に謝りながら、レンはサリアを人目に付かない場所に連れていく。周りの目がなくなってから、ドン、と壁に手をついてサリアを追い込んだ。

「おい……俺、学院では実家のこと隠してるんだよ。周りの目を考えてくれ」

「……? なぜ隠す必要がある?」

「連れ戻されるからに決まってんだろ。どうせお前も家出してきたくせに」

「私は、レンとは違う。ちゃんと許可を得てきた」

「ははッ、今さら学院で学ぶことなんてないお前が?」

レンは皮肉げに口元を歪《ゆが》めて、サリアを睨《にら》みつける。

「嘘つけ。一族がお前を簡単に手放すわけがねぇ。大方、監視の目を逃れて無理やり潜り込んできたんだろ。答えろサリア。ここへ来た本当の目的はなんだ。いや……それとも、こう呼んだほうがいいか？　なぁ、『伝説の再来』」

サリアは目を見開いた。レンの目をじっと見返し、拗《す》ねたように頬を膨らませる。

「……その呼び方、嫌い」

ふくれたような従妹の顔は見慣れた顔だ。レンは肩の力を抜き、身体を離して言った。

「なんでだよ。すげぇじゃん。なんで教えてくれなかったんだ？　お前がそんなふうに呼ばれているなんて、ルーシーに聞くまで知らなかったぞ」

「……私は『伝説の再来』なんかじゃない。大体、レンのほうが調理技術は上。……昔、女神決闘で私はレンに負けた。忘れたの？」

「魔力も発現していないガキのころの話だろ。今は違う」

サリアの調理術式は一族のなかでも一級品だ。自分などとは格が違う。

魔食効果を消し、調理術式も持たない今の自分が勝てるわけがないのだ。

そう告げると、サリアは何かを言おうとして、ゆるゆると首を横に振る。

「分かった……本当のことを言う。レン、連れ戻しに来た。一緒に帰ろう」

押し黙るレンに、サリアは続けて悲しそうに眉を下げた。

「……この半年、身を切るような思いだった」

「……」

「レンが家出して、私が追いかけて……一緒に旅をしている間、二人きりの世界。ずっとあのままが良かった……勇者の一族が、私を連れ戻すまでは」

レンとは違い、サリアは次期当主にも期待されるほどの才能を持っている。家出したレンたちの動向は一族に監視されており、ある日、サリアは連れ戻された。

それから半年、レンは一人で各所を旅して回り――今に至る。

「ずっとレンと一緒に居たかった。一族なんて全部氷漬けにしてやりたかった」

「おい、お前……」

「でもしなかった。私は、レンが帰る場所を作ろうと思って……なのに」

サリアの目に火が灯《とも》る。それはレンに対する怒りの感情だ。

「レン。こんなところで何をしているの」

明らかな怒りを向けられながら、レンは飄々《ひょうひょう》と受け流す。

「ん。今は助手をやってる。結構楽しいんだぜ？　特に、俺の相棒が面白くてさ」

学院に来てからの日々を思い出し、レンは口元を緩めた。

「クソがつくほど真面目で、口うるさくて、いちいち怒鳴る奴《やつ》だけど……料理に対する情熱がある。諦めずに努力する才能がある。俺は、そんなあいつを手助けしてやりたい」

「……レンの夢は？」

「……ぁ？」

「レン。昔言ってた。『いつか勇者みたいなヒーローになる。誰も食べ物に困らないような英雄になってやる』って。あれは……もういいの？」

「ガキの夢だよ。本気にすんな。ヒーローとか馬鹿みてぇだろ。めんどくさいし」

レンはおざなりな態度で言って肩を竦め、踵《きびす》を返《かえ》した。

「もういいだろ。無駄足になったのは悪いけど、俺はあんなとこに戻る気はないんだ」

「じゃあ、なんでまだここに居るの？」

「……！」

逃げようとするレンの肩を、サリアが力強く摑《つか》んだ。

「猟理人の道を諦めたなら……助手なんてしなくてもいい。他の仕事があるでしょ。農作業でも剣闘士でもなんでもすればいい。なのに……この学院にいるのはなぜ？」

「……他に仕事がなかったからだよ。家出したから」

「嘘だッ！」

サリアはレンの身体を押し出し、逆の壁に押し付けてきた。

ドンッ、と頭の横に手をついたサリアは射殺すような目でまくしたてる。

「レン！　あなたは嘘をついている。雇われの助手が楽しい？　本当はうずうずしているくせに。猟理人の道を諦められないくせに。だからクラーケンを調理したんでしょ」

「……っ、お前、知って」

「本当に夢を諦めているなら、クラーケンなんて調理しなくて良かった。狩るだけでよかった。なのにレンは調理した。『抹消魔力』のことがバレると気付いていて、なお」

「それは」痛いところを突かれたレンに、サリアは詰め寄る。

「誰かに負けるのが嫌。でも魔獣料理は好き。だから助手に逃げた。違う？」

「……」

「あなたが本気で諦めるなら……何も言わなかった。でも、中途半端に助手なんかで満足するのは……誰が許しても、この私が許さない。どんな手を使っても連れ戻す」

レンが黙り込んでいると、サリアは身体を離した。

「……レン。大会、出ると聞いた」

「……そうだな」

「そんな中途半端な覚悟なら、負けると思う」

こちらに振り返ったサリアの目は真剣だった。

「世界魔獣料理大会《フェスタ》は、甘くない。出るなら、本気でやるべき」

「……あぁ、分かったよ」

頷《うなず》くレンに、サリアは泣きそうな顔で問いかけてきた。

「……私じゃ、ダメだったの？」

レンは言葉を返せなかった。

「本当は分かってる。私がそばにいると、レンを傷つける。私はあなたが欲しくてたまらなかったものを、全部持っているから。でも、ね。レン。それでも」

サリアは背を向けて、絞り出すように言った。

「私は、あなたのそばに居たかった」

それだけ言い残し、かつ、かつと。サリアの靴音は廊下の奥に消えていった。

言葉も、視線すら返せないレンはずるずるとその場に崩れ落ちる。

廊下の天井を仰ぎ、ふぅう、と肺の中から空気を吐き出していく。

「……いろいろ言ってくれるな……耳が痛いぜ」

「ふはは。従兄思いの良い《い》女ではないか」

「……っ」

いきなり声が聞こえて、レンは振り向いた。

愉快そうな笑みを浮かべた赤髪の男がそこに立っている。

「オルガ・シュナイダー……」

「少し気になったのでな。悪いが尾《つ》けさせてもらった」

「……そうかよ。失望したか？　全部聞いてたんだろ」

「あぁ、聞こえていた。勇者の一族のことも、抹消魔力のこともな。すべての人間が持つ魔力の中でも特異体質。欠落した才能。調理術式もない、誰にも望まれない猟理人……」

シュナイダーは無表情にそう呟《つぶや》いたかと思うと、にやりと口元を歪ませてみせた。

「だからこそ、面白い」

「……！」

「勇者の末裔《まつえい》、抹消魔力。貴様の力の根源は分かった。調理術式すら介さず、クラーケンを単独討伐する腕前もな。ますます勝負が楽しみになったというものだ」

「……まだ勝負とか言ってんのかよ。俺は魔食効果を作れないんだぞ？」

「それがどうした？」

レンが長年抱えていた悩みを、シュナイダーは鼻で笑う。

「確かに魔獣料理において魔食効果は重要だろう。しかし、魔食効果は勝負を決する一つの大きな要素に過ぎん。そのハンデを埋められるかどうかは貴様ら次第だろう」

そんなことは、と言おうとして、レンはかろうじて堪えた。

この好戦的な男が発する覇気に、弱いところを見せるのは嫌だと思ったのだ。

「……言ってろ、バーカ。言っとくけど、魔食効果抜きにしたら勝つのは俺だぞ」

「ハッ！　それでいい。そうこなくては困る。それにだ。サリアとかいう娘……あの娘も、相当できるだろう。俺と並ぶ力を持っている。違うか、レン」

「……ご明察の通りだよ」

「ふふッ、ふははっ！　あぁ、いい。実にいい。ようやく楽しくなってきたな」

選抜戦が待ち遠しいよ。堪えきれないといった様子で笑いながら、シュナイダーは去って行く。廊下にぽつんと残されたレンは、がしがしと頭を掻《か》いた。

（結局何しに来たんだ、あいつ……ていうか）

「この学院には人の話を盗み聞く伝統でもあんのか。なぁ、ルーシー？」

壁に背を預けたレンが振り返ると、突き当たりの角からルーシーが姿を見せた。

「気付いてたの？」

「まぁな。お前、もうちょっと気配消す技術磨いたほうがいいぞ。狩猟の時に役立つ」

「これでもお父様に教えてもらっているのだけど……あんた、勘が鋭すぎるのよ」

ぶつぶつと文句を垂れたルーシーは、レンの隣に近づいてきた。

胸を抱くように腕を組み、彼女はじろじろとこちらを見下ろす。

「フン。許嫁にほだされてあたしを捨てたらどうしてくれようかと思ったけど、ずいぶんあっさりしたものね。心配して損した……べ、別に心配なんてしてないけどね⁉」

どっちだよ。

そう突っ込んだレンだが、不器用な相棒が励まそうとしていることは伝わって。

「ありがとよ、ルーシー。俺は大丈夫だ。誰に何を言われようが、『抹消魔力』持ちなのは変わんねぇし。お前のおかげで、前を歩いていけるから」

笑いかけると、ルーシーの顔が赤くなった。いじいじと髪を触りながら、そぉっと彼女はレンの隣に座り込む。しばらく視線を彷徨《さまよ》わせていた彼女は意を決したように振り向き、ちら、ちら、と上目遣いでレンを見上げた。

「レンは……あ、あたしを、選んでくれるんだ？」

「ん。俺はお前の助手だし。そう簡単に雇い主は裏切らねぇよ」

それに、とレンは挑発的な笑みを浮かべた。

「お前、放っておいたら魔力を暴走させるじゃじゃ馬だしなぁ」

「な、なんですって⁉」

ルーシーは顔を真っ赤にして立ち上がった。

「あんただって、世間知らずで常識知らずの勘違い野郎でしょ！　なによ、クラーケン単独討伐って！　それが普通⁉　そんなわけないでしょバッカじゃないの⁉　別にカッコよくもないし憧れてもないんだから！　そこのところ、勘違いしないでよね⁉」

負けん気を爆発させてぷりぷりと怒り始めたルーシー。

その小気味よいほどの怒りっぷりに、レンは思わず「ぷ」と噴き出した。

「はは、あっはははは！」

突然笑い出したレンにルーシーはきょとんとして、次第につられて笑い出した。

お互いの笑いがひとしきりおさまったところで、ルーシーが「よし！」と顔を上げる。

「じゃあ一週間後の選抜戦に向けて、親睦会するわよ！　今日はあたしの奢《おご》り！」

「お、太っ腹！」

「太ってないわよ⁉　ま、まぁ？　あんたはちゃんとやってくれてるし？　この前、約束したし？　その、結構、感謝してるっていうか……」

「あ？　なんだって？」

「せからしか！　何でもないわよ、あんぽんたん！　さぁ行くわよ！　返事は一回！」

「まだ何も言ってねぇよ。てか、まずは授業だろ。教官が泣くぞ」

教室に戻った二人をクラスの者たちが囃《はや》し立《た》てたが、サリアに無視された教官の目が笑っていない笑みに気圧《けお》され、それ以降の授業は静かに終わった。

放課後、二人は学院を出て街へ向かった。

蒼色《あおいろ》の屋根が夕焼け色に染まった街並みは美しく、街の喧騒《けんそう》が耳に楽しい。

「親睦会してくれるって話だけど……お前、調理のほうは大丈夫なのかよ」

「う」

ルーシーは痛いところを突かれたと言いたげに顔を歪めた。

「それは、そのぅ……」

「ぶっちゃけた話、今のお前の技術じゃ優勝は難しいぞ。ただでさえ俺には調理術式も魔食効果もないんだし……悪いけど、調理は手伝えない。分かってんだろ？」

「わ、分かってるわよ！　いちおう、手は考えてあるっていうか……」

ぼそぼそと呟きだしたルーシーは、何かを言おうと息を吸って、吐いた。

「あのね、あたしに――」

レンはやれやれと息をつき、ぷい、と視線を逸《そ》らす。

「しょうがねぇから、魔力の制御方法、俺が教えてやろうか」

「え？」

きょとん、とルーシーは目を丸くした。

欲しいものをもらった子供のように、彼女の口元が緩んでいく。

「ほ、ほんとにいいの？」

レンは気恥ずかしさを隠そうと頬を掻きながら、

「俺はお前の助手だからな。雇い主にはしっかりしてもらわないと困る」

ルーシーの調理が壊滅的なのは魔力制御技術の拙《つたな》さによるものだ。

つまり、ありあまる魔力を制御することができれば、彼女は飛躍的に上達する。

レンはこれまで自分の『抹消魔力』によって術式がないことや、自分で魔食効果を作れないハンデを補おうと修業に励んできたから、魔力制御の修業には一家言あるのだ。

「どこまでできるかはお前次第だけど。今のどうしようもない状況から、普通に押し上げることはできる。たぶん。きっと。知らんけど」

「……そこはもうちょっと断言しなさいよ」

「言ったろ、お前次第だ。修業は厳しいけど……どうする？」

決まってるじゃない。とルーシーは胸を張った。

「よろしくお願いするわ！」

◆

翌日、世界魔獣料理大会クルーエル学院生枠選抜予選の出場者が発表された。

無事その中に入っていたルーシーと助手のレンは一週間の準備期間を与えられ、二人は
ルーシーの魔力を制御すべく、学院にある海戦訓練用プールにやってきていた。

「ね、ねぇ！　ほんとにこんなので魔力を制御できるようになるの⁉」

水面《みなも》に浮かべた浮き輪の足場で、ルーシーはバランスを取っている。

海戦装備を身に着けた彼女の腰が右に左に動き、スカートのひらひらが揺れていた。

「あぁ、なるぞ。サリアもこの修業で七ツ星の魔獣倒せるようになったし」

「あの女が……」

ルーシーの目に対抗心の炎が灯る。

メラメラと燃えたぎる魔力のオーラが彼女の身体から噴き出した。

「なら、あたしだってやってやるわよ……！　ってきゃぁあ⁉」

ざばーん！　とプールに落下したルーシー。ぶはっ、と水面から顔を出した彼女は、こ

たえた様子もなく浮き輪の上に立ち上がり、バランスを取り始めた。

「もう一度……足先から魔力を放出して、杭《くい》を打つように……最終的には、水面の上で立てるようになれば……サリアに……レンに、追いついて……きゃぁ!?」

ざばーん！　と繰り返される落下音。

プール横で監督しているレンは「きゅぉ〜」と欠伸《あくび》交じりに卵をくれたグリフォンに干し肉を与えながら呟いた。

「……ま、サリアのことは嘘なんだけどな」

レンの従妹はなんの修業もせず、五歳の時に七ツ星を討伐した怪物だ。

自分が必死で身に着けたことを一瞬で真似《まね》する彼女に、どれだけ心が折られたことか。

(とはいえ教室でもなぜか対抗してたし……悪いけど、利用させてもらうぜ)

ルーシーはクソがつくほど真面目だ。今までは努力の仕方が間違っていただけで、正しい努力をすれば積み重ねた基礎が爆発し、恐ろしいほどの速度で伸びるはず。

そこに、サリアという目標を与えてやれば——

——訓練三日目。

「立てた！　立てたわよ、レン！　えへへ。やったー！」

ルーシーは無事に水面の上ではしゃいでいた。彼女の足元に、浮き輪はない。

ニィ、とレンは口の端を吊《つ》り上《あ》げた。

「ほらな」

この調子なら間に合うかもしれない。レンの胸には希望が芽生えていた。

「よし。じゃあちょっと休憩しようか」

「そ、そうさせてもらうわ……」

膨大な魔力があるとはいえ、大会まであと四日しかない。疲労は溜《た》めないべきだ。ルーシーも疲れていたのか、パラソル付きベンチにぐったりと倒れこむ。

「ちょっと飲み物買ってくる。お前、何がいい？」

「あ、甘いものが欲しいわ……今なら、アマネの激甘ケーキも食べれるかも……」

「おっけー。じゃあ行ってくる」

訓練プールを出たレンは人目を忍ぶように施設の裏から出て行く。クラーケンの一件が学院内で広まり、ただでさえ注目されているのだ。できるだけ人目は避けたかった。

いつものようにレンの肩で羽を休めていたグリフォンがキュォ！　と大きく翼を広げて飛び立つのを見送り、購買に足を向けると、

「──お前、俺に逆らおうってのか？」

どすの利いた声が聞こえて、レンは思わず立ち止まる。

聞き覚えのある声だ。声の方向は──すぐ近く、人影のない廊下の突き当たり。

そこまで歩くと、そこには──

「ゆ、許してください。無理です。わたしは……」

「おいっ、なにしてんだ⁉」

見慣れた桃色の髪をした少女が、一人の男に壁際へ追い込まれていた。

ルーシーの友でありお菓子作りの天才——アマネ・シンフィールドだ。

「レンさん……」

一瞬。アマネの瞳に激しい感情が渦巻いた。だが、それが発露する前に、

「チッ、お前か……」

舌打ちしながらアマネを離し、こちらへ歩いてくる男は。

「何してんだ。グレイス・マッケローニ」

グレイスは栗色《くりいろ》の髪を揺らし、忌々しげな感情を隠さず吐き捨てる。

「ハッ！　何してるって？　お菓子作りしか能がないゼクシーア流の馬鹿に、身分の差ってやつを思い出させてたんだよ。この女、ぼーっと歩いてこの俺の身体にお菓子をこぼしやがったからなぁ。そうだよな？　お前が悪いよな？」

「わ、わたしは、ちゃんと、謝りました……！」

「平民が偉大なる貴族の服を汚して、謝って済むと思うな、下郎め」

「……っ」

大調理時代が発展した陰に隠れる、世界の闇がそこにあった。

多彩な魔食効果と強力な調理術式を操る貴族は、力を持たない者たちにとって恐怖の対象だ。一年間の旅でそれを見てきたレンにとって、この光景は珍しくはないものだが――

（だからって、許せるわけじゃねぇよな）

距離を縮めてくるグレイスに、レンは挑発するように言った。

「……それだけか？　それだけで、大の男が女を追い込んでいたのか。ダサすぎるだろ。マッケローニ家ってのは弱い者いじめが趣味なのかよ？　悪趣味な貴族だな」

「黙れ、平民。薄汚い舌で我が家名を汚すな」

そう言って凄《すご》んで見せたグレイスは直後、ニヤァと嗤《わら》って見せる。

「あぁ、そうやって口を動かすしか能がないのか。クラーケンの討伐隊から聞いたぞ。お前、魔食効果を打ち消す体質らしいな？　それに、調理術式も持たないのだとか？」

言葉に詰まるレンを畳み掛けるようにグレイスは嘲笑《あざわら》う。

「才ある者の足を引っ張ることしかできない落ちこぼれが、よくもこの俺にそこまで言えたものだ。実力もないくせに口だけは立派。そんな張りぼて、世間では通用せんぞ？」

グレイスの手が振り上げられ――

「何なら今、証明してやろうか」

ポン、とグレイスはレンの肩に手を置いた。

「女神決闘だ。俺の料理でお前の化けの皮を剝がしてやってもいいぞ？」

「……」

「条件は、そうだな。俺が勝てば貴様には海産調理都市《クルーエル》から出て行ってもらおう」

「そんな条件、呑《の》むと思ってんのか」

「ふふ。怖いか？　怖いよなぁ。貴様には魔食効果がないんだから。我ら貴族のように選ばれた魔力の持ち主でもなく、勝負に挑むこともできない負け犬だもんなぁ？」

グレイスは懐からモノクルを取り出し、レンを覗きこんでくる。

その直後、壊れたように腹を抱えて笑い始めた。

「ははっ、あっはははははは！　保有魔力、たったの七千だと⁉　一般人の基準が五千だと考えれば、星ナシ……素人に毛が生えたようなものではないか！　底辺の魔力でよくぞそんな口をきけたものだ！　さすがは落ちこぼれ。まったく恐れ入る！」

「……そのモノクル。測定眼か」

レンズを通じて魔力を測定できる魔導具の一種だ。高価で一般人は持てない道具をわざわざ持ち歩いているあたり、ルーシーの『マッケローニは勝てる相手としか勝負しない』と言っていた理由が分かろうものだ。モノクルをしまうグレイスにレンは舌打ちした。

「……なんだよ。人の魔力を覗くだけで自分の魔力は言わないのか？」

「地を這《は》う虫にわざわざおのれを示せと？」

レンは拳を握った。確かに自分の魔力は少ないが、抹消魔力を利用し魔獣の攻撃をいな

すなど、限界まで力を高めた自負がある。思わず殺気を漏らすとグレイスは怯《ひる》んで、

「ま、まぁいい。教えてやる。俺の魔力は七万だ。貴様の十倍だな。さらに貴様と違い、魔食効果も最大三つ付与できる。これがどういう結果をもたらすか……分かるよな？」

悔しいけど、負けるだろうな。とレンは認めざるをえない。

女神決闘はあくまで猟理人としての腕を競う勝負。魔力の運用法や狩猟の腕を競うものではない。グレイスの言う通り、魔食効果がなければどんな魔力も意味はないのだ。

「まぁ、凡俗がそれでも挑むというなら、受けてやってもいいぞ？　ん？」

再びレンの肩に手を置いたグレイス。答えは分かり切っていると言いたげだ。

何も言えないレンを小馬鹿にするように鼻を鳴らし、グレイスは手を離した。

「フン。貴様など相手にする価値もない。せいぜい選抜戦で醜態を晒《さら》すがいいさ。あの成り上がりの田舎者と一緒にな。はは。はーっはははは！」

高笑いして去っていくグレイス。気配が感じられなくなってから、レンは息をついた。

「……勝手に言ってろ、バーカ。勝つのは俺たちだ」

「あ、あの。レンさん」

グレイスとレンのやり取りを見守っていたアマネが、くいくい、とレンの裾を引いた。

潤んだ目で見上げる友人に、レンは優しく笑いかける。

「おう、アマネ。危ないところだったな。大丈夫か？」

「はい。おかげさまで……その、ありがとうございました」

ふわり、とアマネは花がほころぶように微笑《ほほえ》み、

「……おい？」

直後、ぽすん、と胸に飛び込んできた。

ぎゅーっと背中に手を回すアマネの手は震えている。彼女の顔は感情を隠すようにレンの胸に埋まっているけれど、胸の中の女の子がどんな顔をしているのかは分かった。

「ん……アマネ。もう大丈夫だ……大丈夫だぞ」

「ごめんなさい。レンさん……ごめんなさい。もう少しだけ、このままで」

やけに震えるアマネの声。泣き顔を隠す彼女の頭を、レンは優しく撫《な》でつけて——

「あぁぁぁああ！　か、帰りが遅いと思ったら、何してるのよあんたたち！」

突如、二人のいる場所に女が飛び込んできた。

「うお、ルーシー!?」

「もう、ほら、離れなさい！　アマネ！　あんたは友達だけど、レンはあたしのだから！誰にも渡さないんだから！　分かったら離れなさぁぁあああい！」

わちゃわちゃとレンとアマネを引きはがしにかかったルーシー。

そんな彼女の姿に、アマネはきょとんとして。それから困ったように笑うのだった。

そして四日後、世界魔獣料理大会の選抜戦が幕を上げる——

◆

世界魔獣料理大会《フェスタ》。大陸中の猟理人が集まるこの大会は地域ごとに予選が行われ、勝ち残った者が本戦へと進むトーナメント方式だ。本戦に出るだけでも数万人のライバルと競い合う必要があるのだが、一般的に免許を持たない魔獣猟理人は参加できない。

だが、クルーエルは実力派猟理人を多数輩出してきた実績から、特別に学生枠を与えられている。その枠を狙うために選ばれた一年生三百人が、今、集まろうとしていた。

──世界魔獣料理大会《フェスタ》。クルーエル魔獣猟理専門学院生徒対抗選抜戦一年生の部。

「でね、今回の予選は一つのレースになっていて、三つの流れに分けられるの」

クルーエル郊外にある円形の広場で、ルーシーは指を立てて説明する。

「まず、食材調達。これは魔獣猟理人としての基本よね。食材によって点数が決まっていて、最終点数に加算されるわ。次に、狩猟した食材を目的地まで運ぶ競争レース。ここで教官や他の生徒からの妨害が入ることが多いらしいわ。かなりの人がここで脱落する。それで、最後まで目的地に着いた人たちで最後の試験……つまり狩猟した食材を調理して審査してもらう」

「なるほど……魔獣猟理人として必要なすべてが試されるってわけか」

「理解が早くてよろしい」

ルーシーが満足げに頷き、レンは広場を見回した。

大会参加者証の腕輪をつけた生徒たちが、互いを牽制《けんせい》するようにたむろしている。

「ここに居る奴らは一年の中でも成績が上位三百人……腕が立つ精鋭ってわけだ」

「そういうことね。各流派で名高い奴らも出てきてるし、注意しないと……」

ルーシーは広場の中央に目を向けた。つられて視線を向けると、威風堂々と腕を組んで立つ、オルガ・シュナイダーの姿があった。その横に執事服を着た者がいるが、彼がシュナイダーの助手だろうか。

(確かに、あいつはやばいな。周りと比べて気配がまったく違う)

「一度は負けた因縁の相手だし、今度こそ負けないわ……！」

「ん。がんばろーぜ」

そんなことを話していると、人ごみをかき分けて桃髪の少女が現れた。

「ルーシーさん、レンさん！　探しましたよぉ～！」

「おぉ、アマネか。お前も出るんだな」

先週の出来事が嘘のように、アマネは元気に胸の間で拳を握った。

「当然です！　わたしだって、お菓子屋さんをするっていう夢があるんですから！」

「この大会、出るだけでも猟理人として箔《はく》がつくしね。特に学院選抜はプロが居ないから、数万人のライバルがいる一般枠より狙い目ってわけ。アマネが出るのも当然でしょ」

「へぇ……」

そういえば、ヘンリーも大会に出るために必死だったなとレンは思い出す。

残念ながら彼は出場できなかったようだが、それだけ大会というのは重要なのだろう。

（あれ？　でも）

「この大会ってバディと出なきゃいけないんじゃないのか？　お前のバディって……」

「私」

「……！」

ぬらりと、アマネの背後から現れたサリアにレンは息を呑む。

「転校生のお前とアマネがなんで一緒に……というか出て大丈夫なのか、実家とか」

「問題ない」

「……そうか」

レンやサリアの実家である勇者の一族は、国際魔獣料理連盟《ユニオン》に管理されている。

それはレン以外の者たちが持つ飛びぬけた調理術式と魔食効果が所以《ゆえん》で、特定の勢力に肩入れすることで国家間の力の均衡が偏ることを恐れられている。学院生とはいえ、この学院を運営しているのは連盟に所属する海産調理都市だ。よく許してもらえたものである。

「それで、なんでお前とアマネがバディになってるんだ？」

「簡単な話。この子が製菓の実技で学年一位だったから」

「あはは。いやぁそれほどでも……」

照れくさそうに頰を搔いたアマネの隣で、サリアは続ける。

「オルガ・シュナイダーにも声をかけたけど、断られた。彼には既にバディが居る。それ以外に私と組むのに相応《ふさわ》しいのはこの子しかいないと、学院長に紹介された」

上から目線のサリアにルーシーは呆《あき》れ顔《がお》だ。

「相応しいって……ずいぶん偉そうね、あんた」

「当然。私は私を高く評価している」

サリアにしてはずいぶん好戦的だ。彼女はもっと大人しめのタイプだと思っていたが。

この半年、レンと別れて実家に戻ってからいろいろあったのかもしれない。

「ていうか」とルーシーがアマネを見て訝《いぶか》しげに眉をひそめた。

「アマネ。あんた元々組んでたバディは？　確か黒髪で小さめの……」

「あの子は少し前から体調不良で休学中なんです。そういう意味でも、サリアさんのお声は渡りに船でした。わたし、どうしても大会に出たかったので……」

そういえばアマネの相方を見たことがなかったなとレンは思い出した。猟理人にバディは必要不可欠。居なくなったならルーシーのように誰かを雇わなければならないが——

レンにも選抜戦へ出るように言った学院長のことだ。製菓の天　才《スペシャリスト》であるアマネを大会に出すために、サリアの転校にも何かしら関与しているのかもしれない。

「ふーん。まぁいいわ。そういうことなら、お互い頑張りましょ」

「はい！」

『お集まりの皆さま、お待たせしましたぁぁぁ――――ッ！』

直後、キィン、と耳鳴りのする拡声音が響き渡った。

見れば、広場を見下ろせる櫓《やぐら》の上に二人の人間がいた。

『これよりッ！　世界魔獣料理大会選抜戦、クルーエル一年生の部を始めるぜぃ！』

「「ォオオオオオオオオオオオオ!!」」

『実況兼司会進行はこのアタシ、四ツ星魔獣猟理人リリィちゃん！　解説は三年の担当教官にして学院が誇る親バカ！　七ツ星のエヴァン・ハルクヴィルがお送りするよ！』

『よろしく。我が愛し《マイ・リトル・レディ》の娘！　パパが見てるからねー！　ファイトだぞー！』

「あ、穴があったら入りたいのだわ……」

ルーシーが顔を真っ赤にして俯《うつむ》いた。うん、あれはきついよな……。

「てか、なんで実況なんかいるんだよ」

もっとこう、試験みたいな感じを想像してたのに。

「世界魔獣料理大会《フェスタ》は一種のエンターテイメントですからね。世界中が注目していますし、街中がお祭り騒ぎですよ。今は選抜戦、しかも一年生なので注目度は低いですけど」

「へぇ――……」

よく見れば空の上に通信用のゴーレムが飛んでいた。

つまり、今この場はゴーレムを通して街中に放送されているということか。

『さぁ、さぁさぁ！　毎年恒例のことなので皆さまお分かりかと思いますが、初めて中継を見る皆さまに楽しんでもらうために、競技のルールを説明するよぉーう！　選手たちもルールを確認するためによく聞くように！』

広場に設置された巨大な映像水晶に魔獣が表示される。魔獣はいくつかのグループに分類されていて、グループごとに数字が書いてあった。

『この試験は食材を調達して調理スタジアムに運んで調理する、いわばレースだよ！　まず第一関門の食材調達から説明すると、食材調達は魔獣の種類ごとに点数が決められていて、選手たちは合計五点以上の魔獣食材を調達しなければいけない！　五点未満だと即失格！　調達した食材の点数によって順位を決定していくって寸法よん！』

映像水晶に表示されているのはクルーエル海岸とその周辺に住まう魔獣たちだ。

『あ、今それだけって思った？　ノン！　ただ食材調達するだけじゃナッシング！　点数の付け方には三種類あって、一、魔獣の種類、二、食材の鮮度、三、食材の状態に分けられてるからね！　点数の良い食材を、できるだけ早く、綺麗《きれい》に。総合的な力が求められるから、誰がどういう料理を組み立てていくか予想するのも楽しみ方の一つだぁ！』

「なるほど……ところでお前、魔獣食材の調達ってどれくらいできるんだ？」

この一週間、ルーシーに魔力制御を教えていたレンだが、思えば狩猟の方法はまったく教えていなかった。そこのところはどうなのだと訊《き》くと、ルーシーは胸を張り、

「あんまりあたしを甘く見ないでよね！　この前だって五時間かけて魔獣食材を……」

『調達から最終調理までの制限時間は三時間！　大きさによるけど、瘴気《しょうき》の浄化に大体二十分はかかるからね！　実際はもうちょっと短いよう！　ふっふふ！　時間をかければ余裕じゃんと思っていた、通信機の前のあなた！　そんなに甘くないぜ！』

「だ、そうだが」

「………終わったのだわ」

がーん、とルーシーは崩れ落ちた。

不器用なルーシーのことだ。本当に時間をかけて馬鹿丁寧に猟をやっていたのだろう。

「ま、そこらへんは安心しろ。俺がいる。狩猟は完璧にやってやるよ」

「……ええ。頼りにしているわ」

『そして大事なルールが一つ！　調達食材だけじゃさすがに料理が被《かぶ》ってくるから、選手たちにはあらかじめ食材の持ち込みが許可されていまーす！　一人一つだけどね。持ち込んできた食材を見てどの流派に所属しているか当てるのも楽しいよ！』

「言っとくけど、あたしたちは持ち込みなしよ、レン」

その場の空気に水を差すようにルーシーは言った。

「ヴェルネス流は自然由来の味を追求する流派。鮮度は味に直結するわ。現地で獲《と》れた食材の味を大切に、鮮やかに、美味《おい》しく。食べた人の人生が変わるような料理を作る。それがあたしの理想。持ち込みなんてしなくても、あたしたちは負けないわ！」

腕を組んで自信たっぷりに宣《のたま》うルーシーに周りはくすくす嗤《わら》う。

『暴姫《タイラント・クイーン》』が何を言っているんだという声なき声が聞こえてくるようだった。

ただ一人、レンだけは彼女の言葉に応える。

「分かってる。お前の理想のために、俺もできる限りサポートする」

レンは相棒の言葉に頷きながら、食材運搬用のトランクを背負い直す。

静寂の中にかたりと揺れたトランクの音をかき消し、実況は続けた。

『ちなみにぃ～、調達した食材を運んでいる間に配置された魔獣猟理人が邪魔をすることもあるし、参加者同士の戦闘もアリ！　包丁が折れたら即失格となりまぁす！　視聴者の皆さまはドキドキハラハラな展開を乞うご期待！　あ、脱落した怪我人《けがにん》は救護班が回収していくから、森で放置されることはないよ。当大会は安心安全に配慮しております！』

宣伝のような台詞《せりふ》と共に、ゴーレムによる通信映像は広場の様子を映し始める。

『さぁ選手たち。準備はいいかい？　そろそろ始まるよ……君たちの人生を賭けた世界魔獣料理大会選抜戦！　スタぁトだぁあ！』

どぉん、と銅鑼《どら》を叩《たた》く音が鳴り響く。

その瞬間、生徒たちが一斉に駆けだした。

「あたしたちも行くわよ、レン！」

「はいはい」

「返事は一回よ！　まずは道具を確保しましょう！」

道具による能力差や細工をなくすため、包丁やまな板などの調理道具はトランクに詰められて大会開始と同時に配付される。山と積まれたトランクのところへ大勢の生徒たちが走っているが、いかんせん人数が多すぎる。レンは広場に等間隔に並べられた大型包丁を確保。続いて細かい道具類だ。特売所へ駆けこむ主婦の波に似た真っ只中《ただなか》に「どきなさーい！」とルーシーが人ごみをかき分けた。その背中を追って人ごみに突っ込むと。

「ルーシーさん、これ！」

人波でもみあうルーシーに、アマネとサリアが四つのトランクを持ってきた。

「ありがとうアマネ！　この恩は忘れないけど本番で当たっても容赦はしないわ！」

「ふふ。望むところです！」

そう言ってトランクを受け取る相棒の横で、レンの前に進み出てきたのはサリアだ。

「レン。これ、私の愛の結晶……受け取ってくれる？」

「めちゃくちゃ受け取りたくないんだが⁉　……別のに変えてくれ」

「ん。じゃあライバルへの餞別《せんべつ》。これならいい？」

「それなら、まぁ……」

「嬉《うれ》しい」

輝くように笑うサリアから目を逸らしながら、レンはトランクを受け取った。

サリアも悪いやつというわけではないのだ。ただ自分が劣等感を抱いてしまうだけで。

「なにイチャついてるのよ、この馬鹿！」

「いでぇ⁉」

突如、ルーシーが足を踏みつけてきた。悲鳴をあげると、彼女は鼻を鳴らす。

「ほら、早く行くわよ！　じゃあね。アマネ、色ボケ女。スタジアムで会いましょう！」

「おいちょっと待て。念のため中身を確かめてから……」

「そんな時間はないの！　ほら早く！」

ルーシーに腕を引っ張られ、レンはため息をつきながら後に続いた。

広場から駆けだすと、街中からたくさんの声がかけられた。どうやら本当にお祭り騒ぎらしい。生徒たちが通るであろう道には大勢の人々が詰めかけている。

レンたちは広場を抜け、街を出て森のほうへ走っていた。

——クルーエル海産調理都市近郊、迷いの森。

東西三十キロにわたって広がる樹海であり、数百種類の魔獣が独自の生態系を築き上げ、入る者は拒まず、去る者を喰《く》らうと言われる魔の森だ。

「さて。ルーシー、何を作るつもりだ？」

「んー。まだ悩んでるわ」

この大会では直前まで魔獣食材の点数は公表されていない。事前にレシピを組み立てていても使えるとは限らないため、その場での発想力が大きく試される。

「事前に見た地図だと東側に湖があったな。魚料理ならそこで魚を釣るとして……あとはまぁ、キノコでもとっておくか。どんな料理にも使えるしな」

キノコは点数にはならないが、副菜がなければ話にならないはずだ。魔獣ひしめく森でもそれくらい考えて当たり前という意図――この選抜戦、思ったよりも過酷である。

「あ！　見てレン！　あんなに『蜂蜜エリンギ』があるわ。美味しそう――」

ルーシーが木の根本に近づいたその時だ。

がさぁあああ！　と茂みが揺れる。枝葉が折れる音が響き、レンは顔色を変えた。

「ルーシー！」

「きゃ⁉」

咄嗟《とっさ》に抱き寄せると、直前までルーシーがいた場所に魔獣が降り立った。

狩猟難度五ツ星『蜥蜴牛《リザードファング》』。

黒々とした瘴気を纏《まと》う蜥蜴牛《リザードファング》は口元から牙を伸ばし、四本足で巨体を支えている。

大会運営に示された魔獣の点数は五点。上から二番目の強敵だ。

「いきなりこんなやつが出るなんて……ねぇ、おかしくない？」

「あぁ。おかしいな」

蜥蜴牛《リザードファング》は森の奥地に生息し、山兎《やまうさぎ》などの小動物を捕食する。一方で警戒心が強い生き物としても知られており、自ら人を襲うようなことは滅多にない。だが、目の前にいる蜥蜴牛は目が血走っており、どう見てもこちらを標的に見定めている。

「それこそ人に襲われて誘導されない限りはこうならな……」

呟きながら、レンは視界の端で狩猟服姿の男が身を翻す瞬間を捉えていた。眉根を寄せたレンがそちらに注意を向けた瞬間、獰猛《どうもう》な雄叫《おたけ》びが響き渡る。

「グォォオオオオオオオオオオオ‼」

ビリビリと空気を震わせる威嚇にルーシーが「ひッ」と肩を震わせた。

狩猟難度五ツ星の魔獣だ。彼女にはまだ荷が重いか。

「しょうがない。ここは俺がやるか」

「レン？」

ルーシーの前に進み出て、レンは言葉を続けた。

「ルーシー。これはチャンスだ。どんな事情であれ、食材が向こうから飛び込んできたんだ。探す手間が省けただろ。肉料理を作るつもりならコイツの肉はおすすめだぞ」

「え？　んー。肉料理を作るのはいいのだけど、蜥蜴牛のお肉はボソボソして美味しくないって有名だわ。せめて他の食材を探したいのだけど……」

蜥蜴牛は足で地面をこすり、身を低くした。突進が来る。

「ほーん。さては蜥蜴牛の本当の狩猟法を知らねぇな？　ちょっくら味見させてやるよ」

「ちょ、レン⁉」

蜥蜴牛が突っ込んできた。

悲鳴をあげたルーシーに構わずレンは泰然と微笑み、ひらりとその突進を躱《かわ》して見せる。突進の勢いを殺しきれない蜥蜴牛は直線上にあった木を薙《な》ぎ倒《たお》した。

「いいか、ルーシー。魔獣ってのは狩猟法によって大きく味を変える。触手を切れば切るほど旨味《うまみ》が増したクラーケンみたいにな。同じように、蜥蜴牛にも狩猟法がある」

「……もしかして『誰でも出来る勇者の魔獣調理術』？」

「お、分かってきたな」

レンは方向転換した蜥蜴牛に近づき、軽く角を傷つけた。怒りの咆哮《ほうこう》をあげた蜥蜴牛だが、その攻撃がレンに当たることはない。標的の注意が完全に自分へ向いたと見て、レンは木の枝によじ登る。蜥蜴牛は助走をつけ、木の幹を蹴りながら猿のように登ってきた。

「『誰でも出来る勇者の魔獣調理術・大型魔獣編。蜥蜴牛《リザードファング》は木に登れるほど身軽で足の力が強い。ようは足さえなんとかすれば勝てるってことだ。ずだだーん！　って感じで足を押さえちゃおう。おえってなるけど大丈夫。そのあとはめちゃくちゃ美味しいから！』」

愛読書の内容をそらんじながら、レンは両手を突き出す。

木に登っていた蜥蜴牛の長い足を、そのまま摑んで見せた。

「は⁉」

当然、蜥蜴牛は自由になろうともがくが、体重一トンを超える蜥蜴牛の身体が揺れても枝葉に乗ったレンの足腰はビクともしない。むしろ枝葉のほうが軋《きし》みを上げている。

「『足をなんとかする』、つまり、木の上に登って前足を摑んだ。そうすると」

ブリブリブリぃ……‼　と蜥蜴牛の尻から老廃物が排出され、地面に降り注ぐ。

蜥蜴牛は空中で老廃物を排出する習性があるのだ。

「ひぃぃい⁉　ちょ、臭いんだけど⁉」

「『おえってなるけど大丈夫』だ。見ろ」

「え？　あ、蜥蜴牛の身体が……！」

長い間溜めこんだ老廃物が排出され、蜥蜴牛の身体が見るからに緩んだ。力んだあとに弛緩《しかん》した肉質はストレッチした筋肉のごとく柔らかくなり、脂身が上質に変化する。

「――よし。今だ。ルーシー！」

「グォオオオ⁉」

レンは一トンを超える巨体を天高く放り投げた。

啞然《あぜん》とするルーシーに発破をかける。

「ルーシー！　調理術式でそいつを仕留めろ！」

「え⁉　で、でもあたし、実戦で術式を使うのは初めてで……！」

「『誰でも出来る勇者の魔獣調理術・心得編。ぶっつけ本番を楽しめ！』だ！」

一トンの巨体が重力任せに落ちるところを仕留めろとレンは命じた。

多少無茶ぶりなのは理解しているが――楽しめという言葉を聞き、ルーシーがくすりと笑った気がした。肩の力を抜いたルーシーが手を掲げ、圧縮された空気の刃が生まれる。

「ヴェルネス流調理術式『風包丁《アッシェ・バースト》』！」

斬ッ！　蜥蜴牛の首が一刀両断され、鮮血が降り注ぐ。その巨体が地面に落ちる寸前、ルーシーはさらに風を操り、蜥蜴牛をふわりと浮かせてみせた。ゆっくり地面に落とす。

「で、できた……」

自分の手のひらを見つめ、ルーシーは感極まったように振り返ってきた。

「できた……できたわっ！　あたし、術式を暴走させずに狩猟ができた！」

「おう。俺はできると思ってたぞ」

「やっっっっっったぁぁあ〜〜〜〜〜〜！」

ぐっと力を溜めたルーシーが拳を突き上げる。微笑ましくそれを見守りながらも、レンは蜥蜴牛の血管を切って血抜きをした。ルーシーに背を向けながら、胸の前で拳を作る。

（よし……！　修業の成果がちゃんと出てる……！）

この一週間、レンはルーシーの修業に付きっきりだったが、実戦で成長を確かめる余裕はなかった。ぶっつけ本番となった形だが、確かにルーシーは魔力を制御できつつある。人に教えるのは初めてだったが、ルーシーの成長は我がことのように嬉しい。

「よくやったな、ルーシー」

振り返ると、ルーシーは花のように笑った。

「うん！　その、これもあんたのおかげ……」

「……？　おい、ちょっと待て。お前、それ……」

レンはルーシーの頬が切れていることに気付いた。先ほどの術式の余波か、あるいは蜥蜴牛が蹴った砂礫《されき》が当たったのかは分からないが、応急処置は必要だろう。

「え？　あぁ大丈夫よ。こんなの、放っておけば治るわ」

「馬鹿。街の中ならまだしも、森を舐《な》めんな。雑菌が入ったらどうすんだ」

レンは懐を探るが、あいにくと治療道具の類《たぐい》は持ってない。周りを確かめたレンは、息絶えた蜥蜴牛を見る。そういえば、蜥蜴牛の持つ魔食効果は――

「ルーシー。今すぐ解体に入ろう。いけるか？」

「……？　ええ、それは大丈夫だけど。特に動いてないし」

「じゃあ頼む。あ、もちろん術式を使えよ」

「わ、分かってるわよ……ヴェルネス流調理術式『血抜き風《ブラッド・フット》』」

ルーシーはぶつぶつ言いながら解体を始めた。

空中に浮かび上がらせた巨体の足を切断し、風の刃が丁寧に皮を剥いでいく。時折、操作がブレて巨体が揺らいだり、風の刃がレンの横を通るなど怖い場面もあったが。

「もうちょっと、真ん中。慎重に、刃を小さくして……」

大事なところは決して間違えない。修業の成果だ。

一心に解体へ集中するルーシーを見て、レンはホッと息をついた。

今のうちに焚火《たきび》と、瘴気を浄化する小判型の石で使い捨ての祭壇を組み上げる。学院側に配られたものだ。切り身程度なら一度だけ瘴気を浄化してくれる。レース中に魔食効果が得られるようにという運営の配慮だろう。山菜などの採取も忘れない。

「ふぅ……できたわよ」

振り返ると、ルーシーは部位ごとに分けた肉を空中に浮かせていた。

慣れないことをして疲れたのか、彼女の額には汗がにじんでいる。

「お疲れ。じゃあちょっとバラの部分、串焼きみたいに刺して焼いてくれないか」

「え、今ここで食べるの？　そんな時間は……ていうか瘴気を浄化しないと」

「薄切り一枚なら浄化もすぐだ。早く焼け。俺が触ると魔食効果が消えちまうから」

「わ、分かったわよ。ていうかそんなに神経質になるものなの？　あんた、今までの授業でもちゃんと調達してくれたじゃない。あれの魔食効果は消えてなかったけど？」

「それは、小型魔獣の話だろ？　つまり、解体されていない状態のやつだ」

「あ、そういえば……！」

「解体されていないものに触る分には問題ないんだよ。それでも気を遣うけどな」

レンの『抹消魔力』が魔食効果を打ち消すのは、レンの身体に流れる魔力が魔獣の魔力を上塗りし、魔獣本来の魔力を消してしまうからだ。解体した食材は魔力抵抗がないから直接触るとすぐに魔力が伝わってしまう。同じ理由で、調理中に触るのも無理だ。

以前、女神決闘で怪我人を処置した時も包丁を介し、直接魔獣には触らなかった。

「抹消魔力の体質……なかなかに厄介ね」

「まぁな……って、俺のことはいいんだよ。ほら焼けたぞ。早く食べろ」

「わぁ」

焼いたバラ肉とキノコの食欲をそそる香りが広がり、ルーシーは口を開けた。

「いただきます。ん～～！」

幸せな笑み。じゅわり、と口の中で脂が弾《はじ》けたのが伝わってきた。

「もぐもぐ。え、噛《か》めば噛むほど旨味がにじみ出てきた！　すごい。蜥蜴牛の肉はボソボソしてて好きじゃないのに……まるで高級肉みたいな柔らかさだわ……って⁉」

直後、ルーシーの身体が緑の光に包まれ、見る間に頬の傷が塞がっていった。

「なにこれ。一瞬で治った⁉」

「強力な再生促進作用。それが蜥蜴牛の持つ魔食効果だ。ちなみに美味《うま》いのは、蜥蜴牛を独自の方法で狩ったのはもちろんだけど、蜥蜴牛が持つイノシン酸とキノコが持つグルタミン酸で旨味を増幅させてるからだよ」

魔食効果は食材の成分によってある程度コントロールできることが分かっている。愛読書を丸暗記しているレンはそれを使っただけで、知識があれば誰でも再現は可能である。もっとも、ここまで効果が大きいのはルーシーの魔力の影響が大きいだろうが。

「よし。肉もゲットしたことだし……これでなんか作るか？」

「そうね……」

ルーシーは顎に手を当てて、

「このお肉、めちゃくちゃ美味しいのだけど一番すごいのは旨味が凝縮された脂だと思うの。だから脂身を活《い》かしつつ、口の中で楽しめる料理がいいと思う」

「うん、賛成だ。じゃあどうする？」

「……ハンバーグにするわ！　じゅわって脂が弾ける最高のものを作るのよ！」

「お。いいねぇ」

「でしょ？」

ルーシーは笑いながら、バラ肉やネック、肩やモモなどを拳大ほどの塊状に切り分け、底のある食材運搬用のトランクに入れた。肉類は袋のなかで塩水につけておく。

　こうすることで臭みがとれるし、柔らかくなるのだ。レースは序盤だが仕込めるものは早めに仕込んで時間を節約したほうがいい。応急処置をしたせいかここまで、既に十五分は経《た》っている。少しでも気を抜けば時間切れで脱落してしまうだろう。

　そうして歩き始めたレンたちの耳に、がさり、と草をかき分ける音が届いた。

　先ほど魔獣が現れたときを思い出し、咄嗟に大型包丁を抜いたレンだが――

「ま、待ってください！　わたしです！　敵じゃありません！」

「ん？」

　草むらの陰から現れたのは、アマネとサリアだった。

　気心の知れた者たちを見てレンの肩から力が抜けていく。

「なんだ、お前らか」

「びっくりさせないでよ、もう！」

　憤慨したように柳眉を上げたルーシーにアマネは苦笑した。

「すいません。でも、どうしてもレンさんたちに会いたくて……提案があるんです」

「提案？」

　はい、とアマネは胸に手を当てた。

「わたしたちと手を組みませんか？」

「スタジアムまでの『同盟』。一緒に行こう、レン」

と、そんなことを言ったのだった。

◆

「『同盟』って……チームを組むってこと？」

「そうです」

アマネの提案にルーシーは顎に手を当てて思考を巡らせた。

「──確かに、この大会でチームを組むことは珍しくないけど」

「そうなのか？」

「うん」

むしろ協力できる地点まで協力するのが大会のセオリーらしい。

こちらがそれをしないのは、狩猟に関しては他の追随を許さないレンが居るからと、自分が本番までにできるだけ実戦を重ねて魔力制御をものにしたいからとルーシーは語る。

「それに、あたしたちを馬鹿にした奴らと組むなんてムカつくし……！」

絶対そっちが本音だろ。と突っ込むのを堪えたレンである。

「あはは。ルーシーさんの言うこともすごく分かるんですけど……」

「チームを組まなきゃ、調理スタジアムの入り口が開かない。だから同盟」

「……どういうことだ」

眉をひそめたレンに、アマネは真剣な顔で続ける。

「調理スタジアムの入り口は強力な結界に守られているんですが、それを開くには三百メートル間隔で設置された四方の装置に、連携させた腕輪を同時にかざす必要があるんです。そうすることで結界が解かれて目的地に……スタジアムへの道が開くみたいです」

猟理人界隈《かいわい》では、時に他人とチームを組んで遠征することが必要な場面がある。クラーケンの討伐隊がまさにそうだろう。格上の魔獣相手に一人や二人の猟理人では歯が立たないことがあるため、チームを組んで戦うのだ。

魔獣猟理人としての実力が試されるこの大会で、チームを組まざるをえない試験があってもおかしくはない。ただ、大会に意気込んでいたルーシーがこのことを知らなかったとは考えづらく、レンは相棒に水を向けた。

「……ルーシー？」

「別に忘れていたわけじゃないわよ」

ルーシーは肩を竦め、用意した鞄《かばん》の中からロープを取り出した。

「要するに、四つの腕輪を同時にかざせばいいんでしょ？　なら話は簡単よ。他の参加者の腕輪を手に入れて装置に固定すればいい。そしたらチームを組まなくて済むわ」

「なるほど」

そのためのロープか。よっぽどチームを組むのが嫌だったらしい。

「だ、そうだけど。アマネ？」

「確かに、ロープで認証装置に腕輪を固定すれば結界は開くかもですけど」

でも、とアマネは困ったように笑った。

「ルーシーさんたちが装置から離れている間にロープを切られたらアウトですよね？　参加者全員を倒すわけにもいかないですし。あのシュナイダーさんもいるんですよ？」

「む。それは確かに……」

「それよりは、わたしたちと同盟を結んだほうが確実じゃないですか？」

「……一理あるわね」

ルーシーがこちらを見てきた。レンが「任せる」と判断を預けると、ルーシーは頷き、たぷん、と豊かな胸を揺らした。

「いいわ、手を組んであげる！　足を引っ張ったら承知しないからね！」

居丈高な物言いを気にした様子もなく、アマネは安心したように笑った。

「良かったぁ。ルーシーさんとレンさんが居れば千人力ですっ」

「言っとくけど、同盟はスタジアムまでだからね！　最終試験では容赦しないから！」

「分かりました！　では、行きましょうか」

　同盟を組んだレンたちは、迷いの森を駆け抜けていく。彼女らが言った通りチームを組んでいるのはレンたちだけではないようで、道中、他の生徒たちが徒党を組んでレンたちに襲い掛かってくることがあった。だが、そんな彼らの多くは――

「アーキボルク流調理術式『冷凍調理《グラキエス・アーク》』」

　ぱきん、とサリアの放った術式により、全員が氷漬けになった。

　地面にいくつもの氷像を立てたサリアに、ルーシーが頬を引きつらせている。

「よ、容赦ないわね……これ、中身は無事なんでしょうね？」

「命は奪ってない。問題ない」

　レンは肩を竦めた。

「お前らで適当な奴を見繕って先に行けばよかったのに。お前の力なら余裕だろ」

「嫌。私、少しでもレンと一緒に居たい。できればお手水《ちょうず》のときも一緒に行きたい」

「それは自分で行け⁉」

「大丈夫。私、レンのなら……いける」

「ナニが⁉」

　レンは頭を抱えるしかなかった。

　従妹であり幼馴染の彼女とは時間を共にすることが多く、家族に疎んじられていたレンにもサリアだけは親しくしてくれたのだが――

（過保護すぎるっつーかなんていうか……新しく男でも作ればいいのに）

天才と呼ばれる彼女と一緒に居ると、自分の『抹消魔力』のどうしようもなさを思い知らされて嫌だったのだ。彼女のことは嫌いではないが、一緒にいると気を遣うのである。

そんな思考を巡らせていると、むっとしたルーシーが思いっきりかかとを踏んできた。

「いづっ⁉」

「フン。鼻の下伸ばしてないでさっさと身体を動かしなさい、このスケコマシ！」

「いやいや、何を勘違いしてるんだか知らねぇけど、全然違うぞ。あとアルザス訛《なま》り」

「せからしか！　いいからさっさと手を動かして！　変態、料理バカ、あんぽんたん！」

「お二人とも、仲が良いですねぇ」

「「どこが⁉」」

そういうところがですよ、とアマネは笑う。

釈然としないが、レンは気持ちを切り替えた。

（さて……いちおう周りに気配はないみたいだけど……次はどっから仕掛けてくるか）

レンが周りを警戒し始めたその時だった。

「――ファウガス流調理術式『調味融合《ハーブ・ド・リージア》』」

聞き覚えのある低い声。続いてざんッ！　と鋭い音が響き、頭上の枝が落ちてきた。

「危ない！」

「きゃ⁉」

レンはルーシーの肩を掴んで後ろに引き戻し、周囲の気配を探る。見つけた。

「あいつ……！」

レンたちから見て左手、数十メートルの距離を開けてこちらを見る男の姿。

先日、レンに宣戦布告をしてきた上級貴族、グレイス・マッケローニだ。

彼はレンたちに手のひらを向けた姿勢でニヤァと嗤っている。後ろには取り巻き連中もいた。すかさず反撃しようとしたレンだが、彼らはすぐに踵を返して姿を消してしまう。

なんなんだ、とレンが口を開こうとした時には手遅れだった。

「――レン、あれ！」

ブゥン、と。嫌な羽音が耳朶を打ち、レンは弾かれたように振り向いた。

そして絶句する。

「――――」

無数の蜂が飛び交っていた。地面には巨大な蜂の巣が落ちている。

狩猟難度五ツ星。アビス・ビー。

毒々しい色をした、強力な毒を持つ魔獣が向かってきた。

「逃げろぉおおおおおおおおおおお！」

レンは悲鳴をあげ、ルーシーやアマネを促して駆けだした。

巣を落とされたアビス・ビーはレンたちを敵と認識し、怒り狂って飛んでくる。

サリアが振り向き、手を掲げた。

「アーキボルク流調理術式『冷凍調理《グラキエス・アーク》』」

キン、と周りの空気ごと凍らせるサリアの術式が炸裂《さくれつ》する。

レンたちを狙っていた魔獣は、例外なく地面に墜落するかと思われた。

だが、

「――――――」

無駄だった。

サリアの氷で処理できたのは、全体の一割にも満たない。

「そいつに術式は効かない！　早く逃げるぞ、サリア！」

「……っ」

サリアが悔しげに唇を噛んだ。

そう、調理術式とて決して無敵ではないのだ。術式は調理の手順を簡略化し狩猟時にも応用できるようにした魔法だが、魔獣には魔力に敏感なものがいる。

アビス・ビーはその典型だ。大気中に励起された魔力をいち早く感知し、術式を避けているのだろう。あれでは、敵の戦力を分散するだけでむしろ逆効果になってしまう。

「いやぁぁぁあああああ！　虫だけは、無理ぃいいいいいいい！」

ルーシーが脇目も振らずに逃げようとするが、アビス・ビーは容赦なく襲い掛かる。拳大ほどの蜂が彼女の身体に取り付き、肌を走り回った。

「ひッ、も、いややぁ……」

「ルーシー⁉」

身体中を這いまわる虫に堪えかねて、ルーシーは気絶した。

不味《まず》い。意識を失った身体はアビス・ビーの恰好《かっこう》の餌だ。

身体が傾いたルーシーを抱き留めながら、レンは包丁を抜いた。

「まったく。世話が焼ける相棒だよ……！」

しゅばばばばッ！　と無数の銀閃《ぎんせん》がアビス・ビーを捌《さば》いていく。

（調理術式に頼っていたら、こういう時に不便だよな）

アビス・ビーは腹から出る特殊な分泌液で仲間を引き寄せる習性がある。数十匹の羽と腹を切り裂くと、アビス・ビーは仲間の死体に群がった。

一網打尽にするなら、

「今だ、アマネ、サリア！」

「さすがレン。私のお婿さん」

「わ、わたしも虫は苦手なんですけどぉ……！」

アマネが懐から取り出したクッキーを口に入れる。咀嚼《そしゃく》と同時に魔食効果が発動。

そして彼女は、サリアと同時に手を掲げた。

「「アーキボルク流調理術式『氷肉叩き《グラキエス・ストンプ》』！」」

レンの忠告を無視するような術式の発動。

同時、頭上に影ができる。

巨大な質量をもった氷が落下し、アビス・ビーの群れをまとめて叩き潰した。

「……なんちゅー力押し。これだから天才は嫌なんだよ」

アビス・ビーが魔力を感知するなら、感知できない距離から術式を叩きつければいい。

指を二本立ててこちらに向き直るサリアの得意げな顔に、レンは頬を引きつらせた。

「ふぁぁ……話には聞いてましたけど、サリアさんの術式……すごいですね」

アマネがサリアと同じ術式を使った自分の手を呆然と見つめている。

そう、これこそが、勇者の一族が国際魔獣料理連盟《ユニオン》に管理されている所以だ。

勇者の一族は独自の魔法を創り出し、魔食効果として他人に付与することができる。

消化と共に消えてしまうデメリットを抜きにしても、その効果は絶大だ。

勇者の一族が創る魔食効果は一般人のそれと一線を画する。彼らにかかれば、一時的に平民を貴族級の猟理人に仕立て上げることすら可能となる。

（グレイスが聞いたら卒倒しそうな技だよな……）

元々調理術式とは、魔法を調理に応用できるようにした技。

魔法は大気中のマナに干渉して一から動きを組み上げるため、あらかじめ術式を設定する調理術式よりも遥《はる》かに制御が難しいが、制御しやすい魔法を作るのも腕の見せ所だ。

アーキボルク流調理術式。七大流派の源流とも言われ、あらゆる状況に対応できることを目指した、かつての勇者に最も近いと言われている始まりの調理術式。

(俺が憧れた、一族の技……ハッ、いつ見ても嫉妬で頭がおかしくなりそうだ)

彼女が持って生まれた才能のすべてを持たないレンは苦い表情をした。

「サリア……一族の技をこんなとこで使っていいのか？　中継されてんだろ」

「今、通信ゴーレムの目がないのは確認済み……抜かりは、ない」

「さようで」

レンはさっさと話を終わらせることにして、氷の下で死んだアビス・ビーを思う。

巣が落ちてきた時はどうなるかと思ったが、まだ育ち切ってなくてよかった。

もしも女王が居るような巣であれば、自分たちの誰かは犠牲になっていただろう。

「それにしても、アイツら……」

アビス・ビーの巣を叩《たた》き落《お》としたのは十中八九グレイスたちだろう。

彼らはレンたちがここを通ることを予測――もしくは監視役が居たのか――して、アビス・ビーの巣を落とすために準備をしていたのだ。しかも、恐らくルール違反にはならない。あまりに危険で、陰湿なやり口だ。おぞましくて吐き気がする。

「……ま、次に会ったら容赦は要らないってことで」

アビス・ビーの巣からハチミツを採取し、レンは気絶したルーシーを背負った。

たわわに実った果実が、むにゅんと柔らかな感触を背中に伝えてくる。

(早く起きろよな……俺だって男なんだぞ。こいつめ)

そんなレンを見て、連れの二人はじと目になり、自分たちの胸を見て悲しい顔をした。

「レンさん……やっぱりあなたもそちら側なんですね」

「……レン。私、大きくなる魔法を作るから……待ってて」

「いやお前らなんの話してんの⁉」

「大丈夫。この前、保有魔力が三十万を超えた。為《な》せば、なんとかなるはず」

「くだらないことに魔力使うなよ⁉ ってか、話をしてないで先を急ぐぞ！」

さらりと告げられた魔力はレンの何十倍もある。相変わらず馬鹿げた天才ぶりである。

そんな話をしながら腐葉土を踏みしめていると、川を見つけた。

「一回あそこで休憩しよう。ルーシーも起こしたいし」

「そうですね。いいと思います」

レンは狩猟服の上着を脱ぎ、川辺に広げた。その上にルーシーを乗せる。

「じゃあわたしたち、食糧確保と周囲の哨戒《しょうかい》をしてきますね」

「え、ちょ、それは俺が……」

「いえ。レンさんは常に周囲を警戒してくれているので、ご自分が思っている以上に疲れているはずです。今のうちに休んで体力を回復させてください」

今度はわたしたちが頑張る番ですよ。と微笑み、アマネはサリアを連れて離れていく。

気を遣ってくれたのはありがたいが、正直、気絶した女子の隣にいるほうがレンとしては辛《つら》い。ルーシーの豊かな胸が上下するさまや、艶のある唇から息が漏れるさまが艶《なま》めかしい。だが、これをやらなければルーシーが後でもっと辛い思いをする可能性がある。

レンはルーシーの制服を脱がし、肌をまさぐり始めた。

(落ち着け、俺。変なこと考えるな……刺されていないか確認するだけだ)

アビス・ビーの毒は強力だ。刺されれば毒が回り、高熱や神経痛の症状が出てしまう。

(にしてもこいつの肌、綺麗で、艶々だな。柔らかいし……って何考えてんだ俺⁉)

慌てて煩悩を打ち消し、レンは無心で作業する。これは応急処置これは応急処置……。

手足は問題なさそうだ。爪で引っかかれたような跡があるから拭き取っておく。

あとは、首の裏やうなじを確かめるだけ――

そう思ったレンが馬乗りになった、その時だ。

「ん……んん？　あれ、あたし……」

「あ、起きたか」

「あ、レン。何が、どうな………って」

ルーシーの言葉が尻つぼみになっていく。

露《あら》わになった肌、乱れた服装、上着を脱いだレン、馬乗りの状態……。

誤解する要素しかない状況に、ルーシーの顔が真っ赤になった。

「あ、あん、た……」

「ちょ、ご、誤解だ！　誤解！　俺はただ、お前が刺されていないか確認を――！」

「こ、の……！」

ルーシーが拳を振り上げた。

――やられる！

殴られることを覚悟し、目を閉じたレン。しかし、なかなか痛みが来ない。

どうしたのか、と怪訝《けげん》に思って目を開けると、

「……っ」

ルーシーは耳まで真っ赤になりながら、きゅっと胸の前で拳を握っていた。

「え、えっと、ルーシーさん……？」

「わ、分かってるわよ……た、助けて、くれたんでしょ？」

「お、おぉ。そうなんだよ」

予想外に理解を得られてホッとしたレンは慌ててルーシーから離れた。

頬を赤く紅潮させながら、ルーシーは熱い息を吐く。

「その…………あ、ありがと。助かったわ」

ドクン、と胸が高鳴った。

(あれ、こいつ、こんなに可愛《かわい》かったっけ……?)

濡《ぬ》れた唇や艶のある肌、上気した頬の赤さが、彼女の羞恥を物語っている。

二人の間に満ちる沈黙は不思議な心地よさをもたらし、普段は言えないような心の奥底を表してしまえるような、妙な空気があった。ちらりと目を向けると、視線が交わる。

「「ぁ」」

慌てて視線を逸らす二人。タイミング良く、また目が合ってしまう。

ルーシーは唇をきゅっと結び、何かを決意するように口を開いた。

「ねぇ……レン。あたし……あたしね……あんたのこと知りたくて……」

「え……?」

ルーシーが身を乗り出し、二人の距離が近づいていったその時だ。

「ただいま帰りましたー!」

「ほえぶや!?」

動揺で体勢を崩したルーシーが、今度はレンの身体に馬乗りになった。

必然的に二人の距離はゼロに近くなり、互いの瞳を覗きこむことになる。

「え」

その状態で硬直した二人を見て、アマネは頬を朱に染めながら目を逸らした。

「その……お邪魔、しちゃいました？　あの……わたしに構わず、続きをどうぞ」

「いやいやいや！　誤解するな、俺たちそんなんじゃないからな⁉」

「そ、そうよ！　これは偶然！　事故なんだから！」

「レン……やっぱり大きいほうが好み……？　ずるい。私にもシテないのに」

サリアが進み出て、上着の裾に手をかける。

「恥ずかしいけど……私も、頑張る。レン、私を見て……？」

「「だから違うって言ってんだろ⁉」」《でしょ》

服を脱ぐな、服を！　とみんなでサリアをなだめたレンたち。

焚火を囲み、四人で食事をとりながら――

（あ、あれは事故、あれは事故だから……うん、落ち着け、俺）

ドクン、ドクンと高鳴る心臓を、レンは努めて無視した。

（さっきのは偶然よ、偶然。レンがあたしに気があるわけじゃないわ、そうよね、うん）

ルーシーの顔が真っ赤になっていることにも、気付かないままに。

「さっき見てきた限りだと、既にかなりの選手たちが脱落しているようです」

休憩を終えた一行は再び迷いの森に挑んでいた。

アマネとサリアが哨戒で得た情報を、レンたちは歩きながら共有する。

ゼクシーア流調理術式『温度感知《サーモグラフ》』。サリアの創った魔食効果で魔力を大幅に引き上げたアマネは、森全体に感知を広げて参加者たちの動向を探ったのだという。

「今生き残っているのは一部の有力者たちです。森の中で選手たちを罠《わな》にかける教官のふるい落としも馬鹿になりません。時間もあまり残っていませんし、急がないと」

アマネの言葉を受け、レンは空を見上げた。樹々《きぎ》の枝葉に隠れた向こうには、時間を示す大型バルーンが漂っている。既に制限時間の半分が過ぎようとしていた。

先ほどのアビス・ビーの一件で、大幅なタイムロスだ。

「あたしが情けないせいで、みんなに迷惑かけちゃった……」

「気にすんな。誰でも苦手なもんはある」

しょぼんと肩を落としたルーシーの背中をレンが叩き、話を切り替えた。

「ところで、スタジアム入りできる人数って決まってんのか?」

「いえ、決まっていませんよ。制限時間以内にスタジアムに着いた人たちで最終試験を行います。ただ……それでも例年、ゴールにたどり着くのは十人以下ですね」

「なるほど」

そしてゴールにたどり着いたからといって、調理で勝てるかどうかも分からない。

だから参加者たちは考える。調理で敵《かな》わないなら先に潰しておけ、と。

だからこそ、

「強い奴を集団で狙うこともある、か」

いち早く気配を察知していたレンの言葉に、茂みの向こうにいた男が応えた。

「――あぁ、まったく、舐められたものだ」

茂みから出たレンたち一行は、ありえない光景を目にする。

「う、ぅう……」

前方、森の広場のような開けた場所に、二十人以上の選手が転がっていた。

折れた包丁の墓場に君臨するのは、王のごとく威風堂々と立つ男である。

ルーシーは戦慄したように声をあげた。

「オルガ・シュナイダー……！」

「ハルクヴィル。転校生。シンフィールド。そしてレン。ふふッ、会いたかったぞ」

赤髪の男は息一つ乱さず、服に汚れすらない。

強者の余裕を見せるシュナイダーに対し、レンはげんなりしたように言った。

「俺は会いたくなかったけどな……そいつらはお前が倒したのか？」

「その通り。雑魚どもがこの俺に戦いを挑んできたのでな。お前との勝負もあることだし、露払いをしたところだ。だがありがたい。そうまでしなければ猛《たけ》りが収まらん」

彼の股間が盛り上がっていることにレンは全力で気付かないふりをしたかった。

闘争の中に身を置くことでしか興奮できない人間というのは存在するが――

歪んだ欲望が自分に向けられると、背筋に怖気《おぞけ》が走る。

シュナイダーは熱を孕《はら》んだ瞳でレンを見ていた。

「もうすぐ、もうすぐだ、レン。ようやく貴様と腕を競い合うことができる。貴様の全力を叩き潰し、互いのすべてをぶつけ合い、さらなる高みへ、俺は往く！」

「どこへなりともお好きに行ってほしいんだが……」

自分の目的はルーシーを勝たせることであって、シュナイダーとの勝負は二の次だ。

彼には脱落していてほしかった。

――ま、そう上手《うま》くは行かないか……。

シュナイダーという強敵を前にため息をつくと、アマネはなぜか興奮した様子で、

「はぁ、はぁ、あ、あの、レンさん。聞いてもいいですか？」

「なんだよアマネ。俺はちょっと現実逃避に忙しい――」

「どっちが受けですか⁉」

「……はぁ？」

アマネの目はどろどろに腐っていた。鼻息荒くこちらに近づいてくる。

「や、やっぱりレンさんが受けですよね？　嫌だ嫌だと言いながらシュナイダーさんの攻めに抗《あらが》えきれずに『しょうがねぇな……』と受け入れてしまうやつですよね⁉」

「わたし、気になります！」


「さぁ！　早く答えてください！　わたし、気になります！」

「こんな時に腐るな、この馬鹿！　妙な空気になってるじゃないの！」

「あだぁ⁉」

興奮で顔が輝いていたアマネの頭にルーシーの拳骨《げんこつ》が炸裂する。

頭上に星を回したアマネに一仕事終えたルーシーは「まったく……」と嘆息。

しばし、奇妙な沈黙がその場に満ちた。

一拍の間を置いて、シュナイダーが口を開く。

「……妙な邪魔が入ったが、ちょうどいいかもしれん。このままでは、今ここで勝敗を決したくなっていたところだ。シンフィールドには後で礼を言っておこう」

「絶対に言わなくていいと思うぞ」

「スタジアムはこの先だ、レン」

ばさりと、マントのごとく制服の裾を翻し、シュナイダーはレンたちに背中を向けた。

「俺は先に行く。お前が来るのを待っているぞ」

「だから待たなくても……っておい⁉」

げんなりしていたレンは顔色を変えて叫んだ。

シュナイダーが進む先、森の奥から魔獣が飛び出してきたからだ。

「アレは……！」

黒々とした巨体は凶悪な爪を備え、イタチのような獰猛な顔つきはあらゆるものを噛み砕《くだ》く必殺の牙を持つ。密集する樹々を縦横無尽に飛び交う、恐るべき魔獣——

「黒死豹《ジャッカル》⁉」

狩猟難度七ツ星。森の処刑人と呼ばれる化け物だ。

普段は森の秘境領域に生息しているため、滅多に出くわすことはないはずだが——

もしかしたら、大会参加者たちの放つ魔力に惹《ひ》かれたのかもしれない。

獲物を見つけた黒死豹《ジャッカル》は猛スピードで突進し、腕を振り上げた。

「グォオオオオオオオオオオオオオ！」

「ちぃ……！」

「動くな、レン。そこで見ていろ」

シュナイダーの命を救おうとするレンを、他ならぬシュナイダー自身が止めた。

刹那。シュナイダーは手を掲げ、

「シュナイダー流術式皆伝『真空加熱《ル・シェル・シュナイダー》』」

斬ッ！と、黒死豹が空中で縫《と》い留められた。

虚空から現れた無数の包丁が、黒死豹を串刺しにしたのだ。

目にも留まらぬ速さで振るわれた黒死豹の爪は、綺麗に輪切りにされている。

「この俺を喰らおうとする気概や良し。だが、今は無粋だ。消えろ」

パチン、とシュナイダーは指を鳴らした。

直後、黒死豹《ジャッカル》の身体が一気に解体され、血の雨が地面に降り注ぐ。

見れば、黒死豹の身体は調理で使える部位と使えない部位で分かれていた。

ほぼ同時に、その肉が空気の膜に包まれ、圧縮されたように縮み、地面に落ちる。

（討伐、解体、血抜き、保存を同時……狩猟時間、たったの数秒……？　こいつ……！）

真空調理という技術がある。特殊な魔導具を使って食材をフィルムに入れ、真空密封を施し、時間分析ができる機器の中で加熱することで調理する並行世界ニホンの手法だ。

フィルムの中でほぼすべてが完結するため、食材の旨味を逃すことなく、低温で調理することで肉類なども加熱しすぎず、柔らかく調理できるという勇者が伝えた技術。その利点と引き換えに魔導具とフィルムが高価すぎるため、一般ではほぼ使われていない手法。

「これが……ヴェルネス流を極め、ゼクシーア流の技術を組み込んだ到達点なの……」

ごくりと、ルーシーが息を呑んだ。

風を操り食材の鮮度を保つヴェルネス流と、指定空間内の温度を感知・調整したゼクシーア流を組み合わせた、シュナイダー家に伝わる一子相伝の固有術式。

異なる調理術式を組み合わせるのは、両手でフライパンを四つ同時に振るうような、圧倒的なセンスと才覚が必要となる。家伝とはいえ術式をマスターするのは容易ではない。

まぎれもない実力者――オルガ・シュナイダーは獰猛に口の端を歪めた。

「そう、貴様らが戦う相手の力だ。その身に刻み、本気で来い」

「……っ」

慄然とする一同。茂みの向こうから現れた執事が一礼し、主に付き添っていく。

彼が消えた場所を眺めながら、レンはサリアに言われたことを思い出した。

『世界魔獣料理大会《フェスタ》は、甘くない』

「……なるほど。サリアの言う通りだったか」

「ん。私の言うことはほぼ正しい。レンはちゃんと反省すべき」

それまで黙っていたサリアがレンの肩を小突く。レンは肩を竦める。

「ひとまず、今戦わなかったことを喜ぶべきだな。アレはやばい」

「だから言ったじゃない」

ルーシーが呆れたように言った。

「この選抜戦でシュナイダーが一番やばい奴よ。シュナイダー家で歴代最高の天才と呼ばれるだけあるわ。他にもちらほらすごいのはいるけど、アイツの前では霞《かす》んじゃうもの」

「……なんか、妙に詳しいな。お前」

「そりゃそうでしょ」

ルーシーは髪を耳にかきあげた。

「あたし、魔力量がずば抜けていたからシュナイダーに勝負を挑まれたのよ。まぁ負けたんだけど。悔しくて、あいつのことめちゃくちゃ調べたわ」

シュナイダー家は勇者と共に国際魔獣料理連盟を立ち上げた由緒ある家柄だ。

数年おきに七ツ星猟理人を輩出しており、シュナイダー一門に弟子入りを願う者たちは多い。そういった環境のため、とにかく競い合いの精神が強く、『圧倒的に勝つ』ことが一族の教えである。嫡男であるオルガはその権化とも言えるらしかった。

「アイツの頭にあるのは強敵との対決と、自分の成長。最近は特に強敵に飢えているらしいから、この大会で暴れまくるでしょうね。学生の身でありながらプロを差し置いて、今大会の優勝候補とも言われてるくらいだわ」

「へぇ……」

確かにあれほどの力量があれば、世界魔獣料理大会《フェスタ》で優勝も可能だろう。

さらに恐ろしいのが、彼は先ほど魔食効果を使わず自分を強化していなかったこと。

「──シュナイダーさんの警戒は大切ですけど、あまり余裕はありません」

思考に潜るレンを引っ張り上げ、アマネが深刻な様子で言った。

「まだ制限時間自体に問題はありませんが、ここまで続いたトラブルがもう起こらないとは限りません。スタジアムの結界を解く件もありますから、急いだほうがいいかと」

「そだな……」

「近道とかないのかしら」

　ぽつりと呟いたルーシーの言葉にアマネがもの言いたげな顔をした。

　それに気付いたルーシーがじっと見つめると、アマネは諦めたように嘆息する。

「……近道はあります。ただ、そこはあまりに危険なので行かないほうがいいかと」

「そんなルートがあるの？」

「はい。先ほど参加者たちの動向を探るときにサリアさんが見つけてくれたんです」

　アマネは膝を折り曲げてしゃがみ込み、地面に迷いの森の全体図を広げて見せた。

　アマネはその一角に指を当て、

「スタジアムの位置はここです。本当なら谷を迂回《うかい》して進まなきゃですけど……この手前に、洞窟があるんです。そこを通れば一気にショートカットできるかと」

「洞窟って……危なくないか。ただでさえグレイスが絡んできてるんだし」

「もちろんです。ルーシーさん、わたしも反対ですからね。ただでさえアビス・ビーの件でグレイスさんが危険だと分かったんですから、余計なリスクを背負う必要は……」

　地図を折りたたみ、鞄の中にしまい込むアマネに、

「——行きましょう、その近道」

　ルーシーは意を決したように言った。

「おい、ルーシー」

あまりに危険すぎる。薄暗い洞窟は罠を仕掛ける絶好の場所だ。アマネの言う通り、グレイスが何かを仕掛けている可能性が非常に高い。

「あ、あたしのせいで時間ロスしたんだし……！　ちょっとは挽回《ばんかい》したいの。それに、どのルートを通っても罠の可能性は捨てきれないでしょ。だったら、リスクをとって時間を稼いだほうがいいと思わない？」

「ん。私も同意見」

アマネも「確かに……」と深刻な表情で頷く。

先日もグレイスに詰められていたアマネだ。彼の悪辣《あくらつ》さは身に染みているのだろう。

「……ハァ。覚悟はできてるってことか」

レンはあくまでルーシーの雇われ助手だ。

雇い主がこう言っている以上、自分はできる限りのサポートをするべきか。

「分かったよ。好きにしろ。何があってもなんとかしてやる」

「頼りにしてるわ、レン。あんたたちも……ごめんね。あたしのせいで」

「構わない。どの道、私が勝つ」

「友達なんですから、言いっこなしですよ」

そう言いながらも、アマネの笑みはぎこちなかった。アマネがルーシーの言葉に反応したことが近道に行く起因になったのだ。責任を感じているのかもしれない。

「……リスクはあるけど何かあったらサリアが森ごと氷漬けにしてくれるだろ。な？」

「ん。私は無敵。世界を凍らせる女」

冗談めかしたレンとサリアの言葉にルーシーとアマネは顔を見合わせて笑った。

出発する。地図の通り歩いていくと、しばらくして洞窟が見えてきた。

薄暗い洞窟はじめじめとした下り坂になっており、歩きにくいことこの上ない。

入り口の光が届かなくなっていくと、サリアが術式で洞窟の中を照らし出す。

下り坂を降りた先は、地下の道がまっすぐに続く大空洞のようになっていた。

「それにしても、広い洞窟だな……」

「このあたりは元々海に沈んでいたと言われていますからね。元は海底洞窟なのかも」

「なるほど……」

罠を警戒しながら歩いていたレンの耳は、微《かす》かに響いた水音を捉える。

魔獣が飛び掛かってきたのは次の瞬間だった。

二足歩行の蜥蜴を思わせる体躯《たいく》、指が繋がった水掻《みずか》きのような手足——水魚人《アクア・サーペント》だ。

（……っ！　数が多い。三、四、五……いや、もっといる⁉）

すかさず包丁で対応しようとするも、その前にアマネが前に出るほうが早かった。

「レンさん。ここはわたしに任せてください」

「ん、おぉ」

「サリアさんの陰に隠れてばかりなので、わたしだっていいとこ見せなきゃです」

呟き、アマネは手を掲げた。水魚人たちの周囲を淡い水色の光が包み込み、

「ゼクシーア流調理術式『急速冷凍《アルーレ・グラキス》』」

空気が凍り付いた。

誇張なく、空気の温度が一瞬でマイナスに転じたのだ。

水魚人たちの肌は火傷《やけど》したように赤く腫れあがり、彼らは突然の事態に悲鳴をあげる。

「そうか。水魚人たちの生態を利用して……」

「はい。サリアさんの術式は強力ですけど、わたしはそんなに魔力が多くないので……」

『誰でも出来る勇者の魔獣調理術・小型魔獣編。水魚人《アクア・サーペント》はニホンみたいに暖かいところに生息している。普通にどぎゃーん！　って倒せるけど、もし彼らのお肉を食べたいなら気を付けて。彼らの肌は温度変化に敏感で、すごく傷みやすいから』

愛読書の記述を思い出しながら、レンは納得する。

（なるほど。その肌の弱さを利用して、一網打尽にしちまったのか……やるなアマネ）

サリアの術式と違い、ゼクシーア流は魔力の消費が少ないと聞く。

アマネにも疲労が見え始めているし、できるだけ消耗は抑えたいのだろう。

「その意味じゃ、クラーケンを引くために一時間も術式を発動し続けたルーシーって」

「ほんとに馬鹿げた魔力を持っていますよね、ルーシーさん。多すぎですすよ」

「ん。まさにゴリラ」

「誰がゴリラよ⁉　魔力量がすごいって素直に褒めなさい！」

むきー！　と怒りを表明したルーシーをよそに、残った水魚人《アクア・サーペント》たちは肌の変化に耐えきれず、次々と逃げ出していった。無駄な殺しはしないという意味でも、良い術式だ。

「ナイスだ、アマネ。先を急ごう」

「はいっ！」

「むぅ。あたしだっていいとこ見せるんだから……！」

シュナイダーだけじゃなく、アマネの力をも見せつけられ、ルーシーはご立腹の様子。

相棒が先走らないように、警戒を強めねば。

レンがそう思い始めた時だった。

「……なぁ、なんか聞こえないか？」

「え？」

先ほどと同じ音だ。どこからか水が漏れるような音。

まるで、堰《せ》き止《と》めていた水が抑えきれず、ダムから漏れ出しているような……。

――……ドンッ‼

直後、爆発が洞窟全体を揺らした。

「⁉」

鼻腔《びこう》を強烈な磯《いそ》の匂いが刺激する。轟々《ごうごう》と迫る水音を聞きレンは何が起きたのか悟り、

「逃げろぉおおおおおおおお!!」

腹の底から叫んだ瞬間、押し寄せる濁流が前方に現れた。

「凍れッ!」

サリアやアマネが氷で濁流を押しとどめようとするが、無駄だった。

濁流の勢いは凄《すさ》まじく、表面を凍らせただけではとても間に合わない。

「ヴェルネス流調理術式……!」

ルーシーも続けて術式を使おうとするが、濁流に下半身をのまれるほうが早かった。

「ルーシー!」

「レン!」

互いに名を呼び合い、二人は手を伸ばす。

次の瞬間には濁流にのみこまれ、視界がめちゃくちゃになった。

レンはルーシーの身体を包み込む。濁流にのまれた際、危険なのは息が続くかよりも流木や岩などで頭をぶつけ、そのまま意識を失ってしまうことだ。

(せめてこいつだけでも……!)

どこからか、高笑いの声が聞こえた気がした。

聞き覚えのある声。恐らくはグレイス・マッケローニだ。

（あの野郎……！　次に会ったらぶん殴ってやる！）

サリアやアマネを気にかけている余裕もない。

ぐるぐると視界が回り、身体の自由が利かないなか、歯噛《はが》みしたレンはただルーシーを守ることだけに専念する。一分と経たないうちに見えた光。そこに手を伸ばす――

「「ぶはぁッ！」」

水面《みなも》から顔を出した二人は思いっきり息を吸い込み、肺に空気を取り入れた。

傾きかけている太陽が見える。周りは森だ。まだ自分たちは迷いの森の中に居る。

「ハァ、ハァ……クソ、冗談じゃねぇぞ、まじで」

「ぜぇ、はぁ、し、死ぬかと思ったのだわ……」

なんとか川辺に着いた二人は息を整える。

冷たい水は二人からかなりの体力を奪っていた。全身びしょ濡れで、肌にへばりつく服の感触が気持ち悪い。レンはたまらず上着を脱ぎ、息を吐いて空を仰ぐ。

「どんだけ流されたんだろうな、俺たち……」

空に浮かぶ制限時間のバルーンは残り四十分を示している。

それほど長い時間流されたわけではないから、スタジアムまで遠くないとは思うが。

「あ、そ、そうよ、アマネたちは⁉」

ルーシーはハッとした様子で顔を上げて川辺を見回すが、周囲に人の気配はない。

ずっと目を開けていたレンも濁流のせいで彼女たちの姿は見えなかった。

「まぁ、あいつらは大丈夫だろ。サリアがいる。あいつはこの程度で倒れる女じゃない」

「……そ、そうかしら。そうだといいんだけど」

ルーシーはしゅんとしたように俯いた。

「ごめんなさい。あたしが、近道をしようとしたから……あんたは反対したのに」

「もういい、済んだことだ。それより」

これからのことを考えよう、とレンはルーシーに顔を向け——固まった。

全身が水に濡れたルーシーの上着は透けていて、ブラウスと胸当てが見えていたのだ。

たぷん、と揺れる豊かな双丘、ピンと尖《とが》った桃色の蕾《つぼみ》が、ブラウスに突き出している。

「どうした、の……」

ルーシーもレンの視線に気付き、ぼッ、と火が出るように顔が真っ赤になった。

さ、と胸元を隠し、キッ、と睨みつけてくる。

「こ、この変態！　気付いたらさっさと言いなさいよ！」

「わ、悪い。その、見慣れないものだから」

「見慣れていたら逆に気色悪いわよ⁉」

獣のように唸《うな》ったルーシーから逃れるように、レンは焚火を準備する。

制限時間までそう余裕はないが、せめて体温を上げないと風邪をひいてしまう。

「……食材が無事だったのは僥倖《ぎょうこう》だな」

ルーシーが両手で抱きしめていたトランクを眺めながらレンは呟いた。

まだ、まだ大丈夫だ。ここから挽回すればいけるはず。

問題はルーシーの体力がどこまで持つか……そう思ったレンはルーシーを流し見た。

「っておい、お前、怪我……」

「え？　あぁ」

ルーシーの太ももに青あざができていた。流木か何かにぶつかったのだろう。

白湯《さゆ》を差し出しながら心配するレンをよそに、ルーシーはけろりと笑う。

「これくらい平気よ。あたしだって魔獣猟理人なんだから。怪我は勲章なのよ」

「女子がそんなこと言っていいのか」

「女子である前に、あたしはあたしなんだもの。気にしないわ」

「……そっか」

小気味よい返答に、レンは思わず頬を緩めた。

「お前のそういうとこ、割と好きだよ」

「ぶびゃ⁉」

「おい？」

白湯を呑んでいたルーシーが噴き出した。

すぐ隣に居たレンはルーシーの口から出たものがモロにかかってしまう。

せっかく乾かしていたシャツを濡らされ、レンはルーシーを睨みつけた。

「お前な……」

「し、仕方ないじゃない！　あんたが変なことを言うから！」

「変って……俺は本音を言っただけだったんだけど」

「せからしか！　そういうところよ、このあんぽんたん、鈍感助手！」

「はぁ？」

（意味が分からん。なんでそんなに顔が赤くなってるんだ）

「お前、熱でもあるのか？」

「な、なんでもないわよ。ちょっと焚火に当てられただけ！」

「そうか……？　ならいいんだけど。無理そうなら言えよな」

「わ、分かってるわよ！」

ルーシーの声は上擦っていて、なぜだかしきりに髪をいじっていた。

ぎゅっと膝の上で拳を握っているのは緊張の表れか。そろそろレースも終盤だし。

レンは樹々の頂点に登り、森を見渡した。北方にスタジアムが見える。かなり近い。

樹々を降りて、ルーシーに告げる。

「この距離なら時間はまだ大丈夫だ。少し休憩しよう」

「分かったわ」

その言葉を最後に、変な間ができてしまった。

何か話そうかと思うレンだが、この沈黙を心地よく思っている自分がいる。

（思えば不思議な関係だよな。最初はただの雇われだったのに……）

今では雇用関係を超えた何かがルーシーとの間にはある。それが何かは分からないけど、ルーシーを応援したい。彼女の夢の先を見てみたいと思うのは確かだ。

「なぁ」「ねぇ」

口を開いたのは同時だった。

思わず顔を見合わせた二人は、互いに先を促す。

「な、何よ。言いたいことがあるなら言えば？」

「いやいや、お前のほうこそ」

「あんたのほうが……いえ、いいわ。じゃあ、あたしから聞くけど」

ルーシーは深呼吸して、まっすぐにこちらを見つめてくる。

「あんた、クラーケンの時に言ってたわよね。自分が勇者の末裔だってことと、実家を飛び出したこと。それで気になったのだけど……あんた、あたしの助手になるまでは、何をしていたの？　何を見て、どうやって生活して、あたしのとこに来ることになったの？」

レンは天を仰いだ。エヴァンと出逢《であ》ったあとのことを脳裏で回想する。

「……旅を、してたよ。大陸中いろんなところを回って、魔獣を倒して、食って、寝る。時々、旅先で魔獣を倒したお礼にお金をもらったり、泊めてもらったりしてた」

「旅を……その、ご両親は、心配しなかったの？　家出したんでしょ？」

「あいつらが俺の心配なんかするかよ」

思わず出て来た冷たい言葉に、ルーシーは凍り付いたように固まった。レンは慌てて、

「悪い。えっとつまり……ほら俺、落ちこぼれだったからさ。あいつらの興味は俺にはないんだ。弟がいるし……俺が居なくなっても、まったく困らないんだよ」

「そんなこと……だって自分の子供でしょ？　心配するのが親ってものじゃないの？」

「みんながお前の親父《おやじ》みたいな奴じゃない。特に俺の両親はな」

レンは苦笑しながら続ける。おのれの子供時代を。

物心ついてからのレンは魔獣料理の修業ばかりで、ほとんど遊ぶ暇がなかった。

死に物狂いで知識を溜めこみ、身体を鍛え、魔獣と戦い、泥のように眠る日々……。

そんな日々のおかげで修業結果も良く、一族からの期待をひしひしと感じていた。

だが、必死の修業は五歳の時、すべて無に帰した。

魔力が目覚め、調理術式の素養を調べる『継承の儀』で、レンの体質が判明したのだ。

「俺が魔食効果を打ち消す特異体質だって分かった途端、みんな手のひらを返した。そりゃあ見事に落ちぶれたぜ。何より当たりがきつかったのは父親だ」

子宝に恵まれなかった父はようやく生まれたレンに期待を寄せていた。時が経つにつれて力をつけていく分家に対し、一族をまとめ上げる宗家の嫡男を望んでいたのだ。けれどレンは期待を裏切った。だから、レンの体質が分かってから余計に修業が酷《ひど》くなった。寝る暇もなく、怪我をしても叩き出され、魔獣の巣に放り込まれた。

何十人の医者に診せて、それでもレンの体質は治らなかった。

レン自身も、魔食効果や調理術式を使えないハンデを克服しようと修業に打ち込んだ。

「俺の体質がどうしようもないって分かってから、弟が生まれて……まぁ言えないようなこともいろいろあった。俺の居場所はどこにもなかった……だから、逃げ出した」

「それで、どうしてここに……？」

「お前の親父に会ってな。グリフォンに襲われてるところを助けたら、お前のバディに誘われたんだ。体質のこともあって、最初は断ったけど……結局、俺には狩猟《これ》しかなかったから。……正式なバディは無理だけど、雇われ助手ならいいかって思った」

これで俺の話は終わりだ、レンは冗談めかしたように笑って、細く息を吐き出した。

「結局、サリアの言う通りかもしれない。俺は魔獣料理が好きだから、諦めきれなくて……そんで、自分の代わりにお前の夢を手伝おうと思ったのかも……失望したか？」

レンはルーシーの顔を覗きこみ、そしてギョッとした。

「な、なんで泣いてんだ⁉」

ぽろぽろと、大粒の涙がルーシーの頬を流れる。

「な、泣いてないもん」

「いや、どう見ても泣いてるだろ。クラーケンの時も思ったけど、お前、泣き虫だな」

「せからしか！　だって、ひどいじゃない。あんまりじゃない！　あんた、いっぱい頑張ったのに、期待に応えようと頑張ったのに、どうしようもないことで役立たず呼ばわりされるなんて！　いつもいつも、どうしてあんたがそんな目に遭わないといけないの⁉」

「しょうがないだろ。俺の体質はどうしようもないんだし……」

「しょうがなくなんてない！　なんであんたは平気なのよ！」

身を乗り出し、ぽかぽかとレンの胸を叩くルーシー。

まるで子供時代のレンの感情を受け止めたかのように唇を嚙みしめ、ルーシーは言う。

「……いい機会だわ。優勝の前に、学院の連中に見せつけるわよ、レン」

そのまっすぐで燃えるような瞳に、レンの胸はドクンと脈打った。

「あたしとあんたで、最高の料理を作るの。それで、あんたを見捨てた人を見返すのよ。あんたを捨てた人たちの目は間違っていた。ざまぁ見ろってね！」

「……っ」

あぁ、その一言だけで。

ただ自分に寄り添ってくれる彼女がいるだけで、どうしてこんなに力が湧くのだろう。

勇者の末裔に生まれたレンに誰もが魔食効果を、嫡男として一族を率いる力を求め、勝手に期待し、勝手に失望していった。誰も、レン自身を見なかった。

——でも、こいつは……。

ルーシーは違う。魔食効果なんてなくても、ただ自分を求めてくれる。

一緒に料理を作ろうと言ってくれる……それが、どれだけ救われるのか。

「ありがとな、ルーシー」

なんだか気恥ずかしくなって、レンは目を逸らした。

ふふん、と得意げに笑ったルーシーに、レンは頭を掻いた。

「くちゅんッ！」

不意に、ルーシーがくしゃみをした。

焚火の前で肩をさする相棒に苦笑し、レンは自分の上着を脱いでかけてやる。

「ぁ」

「だいぶ乾いてきたから、それ着てろ。ちょっと臭うかもしれないけど」

「えっと……その、ありがと」

ルーシーは顔を赤らめ、きゅっと上着を握って顔をうずめた。

かと思えば、彼女はじっとこちらを見つめて、囁《ささや》くように言った。

「その……あんたも入ったら？」

「え？」

「べ、別に、勘違いしないでよね！　助手の体調管理をするのも雇い主の務めなんだから！　そう、あんたが風邪をひいたら困るから！　それだけの話よ！　分かった⁉」

「お、おう……じゃあ、その、遠慮なく」

おずおずと距離を縮め、二人はそっと上着を共有する。密着したことで伝わる互いの体温、鼓動の音が、耳の奥に響いて顔が熱くなった。

「そういや、俺だけ自分の話をするのも不公平だよな」

気恥ずかしい沈黙から逃れようと、レンはルーシーに水を向けた。

「さっき聞こうと思ったことだよ。お前はどうなんだよ？　なんで魔獣猟理人になろうと思った？　なんでそんなに……まっすぐに、料理に向き合えるんだ？」

「えっと。あたしのはあんたみたいに大した理由じゃ……」

「それでもいい。俺はお前のことが知りたいんだ」

ぽっ、とルーシーの顔は火が出るように真っ赤になった。

「な、何恥ずかしいこと言ってんのよ。ばかじゃないの」

「恥ずかしくないだろ。本音なんだし」

「そういうとこよ、ばか！　あんぽんたん！」

「えぇ……」

理不尽な怒りに自分の発言を顧《かえり》みたレンだが、不味いことを言ったとは思えない。

首を傾《かし》げていると「ま、まぁいいわ。話してあげる」とルーシーは咳払《せきばら》いした。

「あたしが魔獣猟理人を目指したのは……昔、ある魔獣料理を食べたのがきっかけなの」

「……へぇ」

ハルクヴィル家は辺境出身の成り上がり貴族らしい。

大調理時代、魔獣料理の腕を認められて国に召し抱えられることは少なくない。

ルーシーの父であるエヴァンも同じで、彼は世界魔獣料理大会《フェスタ》をきっかけにガリア王国の国王に見出され、貴族位を叙爵された実績がある。

「あたし、魔獣料理が大嫌いだった」

「……なんで？」

「あたしさ、お母さんが居なかったから、お父さん子だったのよ。だから、あたしからお父様を取って行く魔獣料理が大嫌いだった。あたしがどれだけ我儘《わがまま》を言っても、お父様は魔獣料理のためにどこかに行っちゃうんだもの。たとえそれがあたしを育てるためだと分かっていても……魔獣料理なんてなくなっちゃえって、何度も思った」

だから、困らせてやろうと思ったらしい。ルーシーが九歳のときだ。

エヴァンが留守をしている間に、侍女の目を盗んで彼女は屋敷《やしき》を飛び出した。

「でもその時、魔獣に襲われちゃったのよね。あたし、何もできなかった」

ハルクヴィル家に与えられた土地は魔獣がたくさん生息する未開拓地だった。

魔獣猟理人には好都合でも、幼い娘が出歩けば恰好の餌に過ぎないだろう。

「それで、どうなったんだ？　誰かに助けられたのか？」

「……ええ。気が付いたら、お父様率いる魔獣猟理人の部隊に助けられていたわ。ほら、その、その時に襲ってきた魔獣が、虫のアレだったから……あたし、気を失ってて……」

「……あぁ、なるほど」

先ほどアビス・ビーの時にも気絶していたあれだ。

どうやらルーシーの虫嫌いはその時のトラウマもあるらしかった。

「でね。そのときに食べた魔獣料理に、あたし、感動したのよ」

食べた瞬間、記憶にない母の手が自分を撫でてくれた気がした。

温かい料理の味が身体中に広がって、ぽわぽわと全身が癒《いや》されていくようだった。

その料理がきっかけでルーシーは魔獣料理に興味を持ったのだという。

怖くてたまらなくて、震えていた心を癒す、魔獣料理に――

「それでね、あたし、思い切って調理に挑戦して、それで、お父様に食べさせたの。お父様は、すごく、泣いて喜んでくれて……美味しいって、言ってくれたの。あのときは嬉しかったな。たぶん、それからよ。あたしが魔獣猟理人になるって決めたのは」

ことん、とルーシーはレンの肩に頭を預けた。

「いつか食べた料理みたいに、誰かの心を癒せる料理を作りたい。料理の面白さを教えられる人になりたい。立派な猟理人になって……子供のころのあたしみたいに魔獣料理が嫌いな人も、幸せにしてあげられる人になりたい」

「……そっか」

レンは頬を緩めた。

「お前なら、なれるよ。絶対に」

「……ありがと」

ぽつりと呟いたルーシーと、目が合った。

「「………」」

肩に触れる彼女の温《ぬく》もり、吹きかかる吐息は熱く、甘い匂いで頭が蕩《とろ》けそうだ。

鼻先が触れそうな距離にいるルーシーの熱に、レンの全身は火照ってしまう。

視線がぶつかり、二人は慌てて顔を逸らした。レンは立ち上がりながら、

「お、お前の話は分かった。その夢のためにも、今はこの大会を勝ち抜かないとなっ」

「そ、そうばい。こげなとこで足踏みしてる暇はなかとよ⁉」

「アルザス訛りきついなおい⁉」

既に休憩は充分だ。服は乾いていないが、焚火に当てられて体温も取り戻した。レンはルーシーに手を差し出す。

「じゃあ行こうぜ」

「うんっ」

握られた手のひらは熱く、誰よりも心強かった。

休憩を終えた二人はラストスパートを駆け抜ける。

樹々の上から見た通り、スタジアムはかなり近いところにあった。途中、迂回する道を全速力で駆け抜け、追いつけないルーシーを背負ったり、食材を補充したり、崩落した崖道を飛び越えたりといろいろあったが、なんとかスタジアム前に到着する。

直径約一キロの面積をほこるスタジアムは結界が張られ、要塞のような威容があった。

「はぁ、はぁ……そういえば、ここ、四人の参加者が必要って、アマネが」

四方の装置に四人の参加者がそれぞれ腕輪をかざし、結界を解除する仕組みだったはずだ。アマネの言葉を思い出したレンはすぐに彼女らの姿を探すが、

「──お待ちしておりました。レン様、ルーシー・ハルクヴィル様」

周辺に彼女らの姿はなく、出迎えたのは執事服の男だった。

彼の周りには、何十人もの参加者たちが倒れている。その中にはレンが死ぬほど殴りたかったグレイスたちも含まれていた。レンは視線を執事に戻す。

「おい……これ、お前がやったのか？」

「いいえ。オルガ様でございます」

言われてみれば、執事服の男には見覚えがある。シュナイダーと共にいた男だ。

レンが睨みつけると、執事は肩を竦めながら語る。

「私が西の端末を解除しますので、南と東の端末を解除してください。北の端末でオルガ様がお待ちです」

丁寧にお辞儀をする執事の姿にレンは戸惑い交じりに問う。

「……なぁ、ここにアマネたちが来なかったか？」

「？　いえ、来ておりませんが」

「……そうか」

あの激流のせいで遅れているのか、何かあったのか判断がつかない。

どの道時間はあまり残されていないし、ここは言う通りにするしかないだろう。

「行くしかねぇか……」

「ではお二人とも、腕輪の連携を」

「……しょうがないわね」

執事の男と腕輪を連携させる。これでレンたちはチームと認識されたはずだ。

「じゃあ、ルーシーは南のほうを頼む」

「了解。スタジアムの中で待ってるわよ」

頷いて、レンたちは二手に分かれて歩き出す。その背中に執事が声をかけた。

「レン様。オルガ様より伝言でございます」

「……？」

「『有象無象は片づけておいた。最高の舞台で、お前を待つ』」

「……全然嬉しくねぇ」

自分たちを待つために何十人もの参加者を倒すなど、頭のネジが飛んでいるとしか思えない。できれば戦いたくなかったが、

「まぁ言っても仕方ない……と、これが端末か」

スタジアムの外周を歩いていたレンは、東口ゲートにある魔導具を目にする。

入り口には光の膜のようなものが張られていた。アマネの言っていた結界だ。

魔導具のほうに腕輪をかざすと、肉、魚、野菜、包丁、四つの印が浮かび上がる。

ぐにょん、と音を立てて、結界が開いた。

見慣れない結界魔法に感心しながら、レンは入り口をくぐっていく。

暗い入場者ゲートの出口に近づくにつれて観客のざわめきが聞こえ、会場の熱気がこちらにも伝わってくるようだった。出口から差し込む光の中へ、レンは足を踏み入れる。

そして――

『世界魔獣料理大会《フェスタ》、学生枠選抜戦一年生の部！　ついに！　最初の到達者がやってきました！　皆さま、盛大な拍手を以《もっ》てお迎えください！』

『オォォオオオオオオオオオオオオ‼』

大歓声を浴びながら、レンは調理スタジアムへ入場する。

斜め左の入り口からはルーシーが緊張ぎみに歩いてきた。彼女は自分と正反対、無人の入り口を見て眉をひそめる。

「あれ……？　シュナイダーたちは？」

「……確かに遅いな。結界は同時に解いたはずなのに」

「なによ。主役みたいに遅れて登場したいってわけ？　えらそーに……！」

レンと対決するために何十人もの選手を倒していたシュナイダーペアだ。

ルーシーの言うこともあながち間違いではないかも。と思っていると、実況の声がスタジアムに響き渡った。

『おっとぉ⁉　これは意外な二人組‼　有力候補が次々とシュナイダー選手に倒されていく波乱の予選でしたが、並み居る強豪の中から勝ち抜いたのは、なんとこの二人！　ルーシー＆レンペアだぁぁあああ！』

『オォオオオオオオオオオオオオオオオオオオオオオオオオ！』

スタジアムにいる観衆たちが立ち上がり、レンたちに拍手を送る。

大きな調理台が並んでいる場所の中心で、レンとルーシーは合流した。

「うぅ、緊張するわ……すごい見られてるし……」

『我が愛し《マイ・リトル・レディ》の娘！　僕は君を信じてたよ！　頑張れぇえええ！』

『親バカが炸裂していますねーエヴァンさん、仕事してくださいねー』

実況と解説のやり取りにルーシーはかぁあと耳まで顔を真っ赤にする。

観客席はどっと沸き、親バカを公衆に晒されたルーシーは頭を抱えた。

「うう。今すぐあの親バカの口を塞ぎに行きたい……！」

「そんなことしてる暇ないだろ。あいつらが来る前に道具とか準備しとかねぇと」

「そ、それもそうね……！」

ルーシーはまず、調達した魔獣食材を祭壇に捧《ささ》げ、瘴気を浄化し始めた。

その間に、こちらは調理で使う道具の準備だ。

調理スタジアムには魔導コンロやオーブンなどの器具は揃《そろ》えられているが、包丁などは最初に配布されたものを使わなければならない。狩猟後も調理道具の手入れをしているかどうかの、これも試験の一環だろう。そのあたり、自分たちに抜かりはない——

「きゃぁ!?　なにこれ!?」

そのはずだった。

「ルーシー？」

悲鳴をあげたルーシーに駆け寄ったレンは蒼褪《あおざ》めた。

「これは……」

試験序盤で得たトランクに入っていた調理用の道具類……それらが、ほとんど錆《さ》びついていたのだ。カップ、ボウル、小型包丁……まな板に至ってはカビが生えている。

「どうして……大会委員会が用意したものなのに……」

途方に暮れたようにルーシーが言った。

今から運営に交換を……いや、無駄だ。調理道具の、交、換は禁止されて、いる。

魔獣猟理人たるもの、道具の管理などできて当たり前だからだ。

どうする、と呟くレンたちには、迷う暇すら与えられなかった。

『おや！　続いて選手が現れたようです！　皆さま拍手のご用意を！　現れたのは……』

レンたちの入場に比べ、やけに遅い登場だ。

北側の入場口からカツン、カツン、と音を立て現れたのは、赤髪の男。

『オルガ・シュナイダーだぁあああああ！　学年一位の主力が、遅れて登場したぜえ！　主役は遅れてやってくるってか!?　盛り上げてくれるじゃんか！　お姉さん褒めちゃうぞぅ！』

「シュナイダー……！」

ようやく現れた敵にルーシーは歯噛みする。

万全の状態でも危うい相手なのに、道具が不調の状態で勝てるわけがない。

そんなルーシーたちに構わず、シュナイダーは一歩、また一歩歩いてきて、

「え……？」

ばたん、と。力尽きたように倒れ伏した。

スタジアムがどよめき、実況が実況席から身を乗り出す。

『おっと⁉　これはどういうことか、絶対王者シュナイダー選手、動かなくなってしまいました！　あ、あれ？　そういえばバディのシュバルツ選手の姿が見えませんね⁉』

「え……ど、どうしたの⁉　死んじゃったの⁉」

「馬鹿、ルーシー。死んでねぇって……それより、人の気配がする。誰か来るぞ」

レンはシュナイダーの後ろ、入り口に目を向ける。実況の声も続いた。

『たった今情報が入りました！　会場入りしたのはシュナイダーペアではありません！』

かつん、かつんと音を立てて、北側と西側から、二人の人影が現れる。

『な、なななんと、レース突破者は、アマネ&サリアペアだぁああ！』

『うぉおおおおおおおおおおおおおおお！』

学年一位の失脚、予想だにしない大番狂わせに観客のボルテージは最高潮に達する。

濁流ではぐれた二人との再会に、ルーシーは目を白黒させていた。

『制限時間まで残りわずか、彼らの他に選手は現れるのか⁉』

実況の声はそこで途切れ、ルーシーが口を開いた。

「あ、あんたたち、無事だったの……？　ていうか、なんでシュナイダーが……」

「ん、倒した」

アマネと合流し、ぶい、と指を二本立てるサリアにレンは苦笑する。

見れば、彼女の服はところどころ切り裂かれている。シュナイダーと相当な戦いを繰り広げたのだろう。いかにサリアといえどあのシュナイダーに楽に勝てるわけがない。

だからレンは「おつかれ」と声をかけようとして、

「……？」

違和感が、鎌首をもたげた。

（なんだ俺は何を……いや、待て。そうか。そ、そういうこ、と、なのか、か？）

レンが思考する傍ら、ルーシーは満面の笑みでアマネを歓迎していた。

「遅いのよこの馬鹿！　もっと早く来なさいよ。べ、別に心配なんてしてないけど！」

素直じゃないルーシーの言葉にアマネはのんびりと笑った。

「あはは。ルーシーさんは相変わらずですねぇ」

「どういう意味よ⁉」

「この後に及んでもまだ気付かないお人好しぶりが、です」

「……え？」

凍えるようなアマネの言葉に、ルーシーが固まる。

それは、アマネが発することはなかった温度のない言葉の刃だった。

ギリッとレンは歯噛みした。

「やっぱり……そうなのかよ」

「やっぱりって……ちょっとレン、どういう意味？」

「そもそもだ。よく考えたら最初からおかしいんだよ、ルーシー」

レンはルーシーの肩に手を置き、アマネたちのほうを指差す。

「試験序盤、なんであいつらは俺たちと合流できたんだ？」

「え……ぁっ!!」

「気付いたな？　そういうことだ」

顔が蒼褪めたルーシーにレンは答え合わせをする。

「試験序盤、俺たちは森の入り口で蜥蜴牛と戦ったよな。そこで十五分は時間を割いた。それだけの時間があれば、先に森に入っていたサリアたちが俺たちを見つけ出すのは難しいと思わないか？　迷いの森の総面積は三十平方キロメートル……かなり広いんだぞ」

「それは、二人に友達がいなくて……結界を解除するためにあたしたちを……」

「『甘姫』の二つ名を持つアマネが？　確かに友達はいないかもしれないけど、元バディがいるくらいだ。知り合い程度はいるんじゃないか？　試験のためなら知り合い程度でも手を組めるだろ。なんでわざわざ俺たちを探し出す必要があった？」

「れ、レンの狩猟技術が目当てで……！」

「サリアがいる以上、この学年にシュナイダー以外の敵はいない。それに……思い返せば、近道の話をしたときのアマネの顔はぎこちなかった。あいつは洞窟に濁流の罠があることを知っていた。だから心から笑えなかったんだ」

そして極めつけは――

「思い出せ、ルーシー。このトランクを渡してきたのは誰だった？」

「……っ！」

これで、すべての答えは示された。

「分かっただろ。グレイスの罠も、この道具トラブルでさえ、あいつらの仕業だ」

「じゃあ、本当に……？」

「あぁ。最初から――そう、最初からグレイスたちと手を組んでいたんだろ？」

「……その通りです。さすがですね、レンさん」

あの広い迷いの森の中でレンたちを見つけ出したことも、道中、やたらとグレイスたちの罠にはまっていたことも。すべては、アマネが自分たちの通る道をグレイスたちに教えていたのが原因だったのだ。ルーシーをよく知るアマネだからこそ、完遂できた罠。

「どうして⁉」

ルーシーが悲鳴をあげた。

「どうしてこんなことしたの⁉　あたしたち……その、友達だったじゃない！」

「友達？」

ハッ、とアマネは鼻を鳴らした。

「ルーシーさん、本当にそう思ってます？　わたしたちは、ただお互いにクラスで浮いていたから傷をなめ合っていただけ。利用していただけじゃないですか。思い出してくださいよ。わたし、グレイス様からあなたを守ろうとしましたか？」

「あ……」

アマネはグレイスに論破されたルーシーに助け舟を出さなかった。

ただ顔を蒼褪めさせて、逃げるように目を逸らしただけだ。それを友達と呼べるか？

「分かりましたか。わたしは、あなたを友達と思ったことなんて、一度も――」

「嘘だな」

ぴしゃりと、レンはアマネの声を遮った。

アマネの笑みが固まり、彼女はゆっくりと首を傾げる。

「嘘？　嘘じゃないですよ、レンさん。わたしは本当に――」

「じゃあなんで、お前は泣いてるんだよ？」

「え……」

アマネは目に手をやった。彼女の右目から、一筋のしずくが零《こぼ》れ落《お》ちていく。

「これは……」

「アマネ。お前はそんな奴じゃないよ」

海戦訓練施設の裏で、アマネがグレイスに追い込まれていたことを思い出す。

『──お前、俺に逆らおうってのか？』

『ゆ、許してください。無理です。わたしは……』

あのやり取りも、今考えればおかしかった。

「本当にグレイスと手を組んでいたなら──なんで今も、あの時も、泣いてるんだ」

「……っ」

自分がそう信じたいだけかもしれない。

みんなで笑い合うときのアマネの笑顔が、偽物なんかではないと。

あのときに流した彼女の涙が、嘘じゃないってことを。

──彼女はきっと、助けを求めている。

「……アマネ。そうなの？　なんか……あの男に、なんかされたの？」

ルーシーの言葉に、やがてアマネは堪えきれなくなったように顔を歪めた。

「わたしだって、こんなことはしたくなかった」

くしゃりと感情が決壊し、アマネは堰《せき》を切ったように叫んだ。

「あなたとは正々堂々と勝負したかった。お互いの全力をぶつけたかった！　ルーシーさんはお菓子作りしか能がないわたしを受け入れてくれた、大切な友達で……」

「だったら！」

「それでも！」

眦《まなじり》に涙をにじませたアマネは、光の粒を振り払い、顔を上げる。

その瞳には、決然とした意志が宿っていた。

「どんな卑怯《ひきょう》な手を使っても、わたしは、わたしが守りたいものを守るために戦います」

ルーシーはたじろいだ。

「……どういうことよ。そんなの、卑怯な手を使わなくたって……！」

「脅されていたんですよ――言う通りにしないと、わたしが育った救貧院《きゅうひんいん》を潰すって」

「……っ！」

レンとルーシーは目を見開いた。アマネは胸に手を当てて続ける。

「わたしがマッケローニ家に与えられた本当の役目は、グレイス・マッケローニ以外を脱落させ、このスタジアムの舞台で彼にわざと負けることでした」

「……！　マッケローニが……」

「その本人がシュナイダーさんに潰されるなんて、お笑い種ですけどね。それでも……ここでわたしが負けたら、あの一家におうちを潰されるかもしれない」

アマネの声は悲壮感に満ちていた。

「わたしを援助してくれる資産家も潰されて……学院にも、いられなくなる」

クルーエルに限らないことだが、狩猟技術を身に着けようと思えば金がかかる。授業だけじゃなく、自ら率先して練習と実戦を繰り返すことで猟理人たちは技術を身に着けていく。だからアマネはレンたちがクラーケンを狩猟したあの夜、屋台でバイトをしていたのだろう。育ててくれた家を存続させるため、そして少しでも学院にいられるために。

「……ばっかじゃないの」

絞り出すように、ルーシーは呟いた。

「なんで、相談しなかったのよ。一言、あたしに相談してくれたら……！」

「マッケローニ家の猟理人としての位は、ハルクヴィル家より高いから」

「……！」

「共倒れになるより、どちらかが倒れたほうがいいでしょう……？」

アマネは震える声で、すべてを諦めたように笑った。

——あぁ、そうかと、レンは理解する。

(こいつは、俺と同じなんだ)

抹消魔力を持っていたせいで、レンは猟理人としてのすべてを諦めていた。

誰にも頼れず、孤独という暗闇の中にいたレンを、ルーシーだけが照らしてくれた。

アマネも同じく、もって生まれた出生に悩み、苦しみ、暗闇の中を進んでいる。

可愛らしい笑顔でお菓子を分けてくれた、あの陽気な少女が、だ。

「……放っておけるわけ、ねぇよな」

一歩踏み出したレンに対し、サリアが進み出た。

「あはっ」

いつもの覇気がない表情を崩し、サリアは嗤う。

「やっと帰ってきてくれた。私の大好きな顔」

「……サリア」

「その顔。レンが本気になった時の、その顔が見たかった。もっと、もっと見せて？　もっと私を悦《よろこ》ばせて？　私と競い合っていたころの、あの時のように」

「……お前もこの計画に参加してたのか？」

「そう。マッケローニ家から一族への極秘依頼。息子を勝たせてほしいって。一族は断ったけど、レンが学院に居ることを知って私は興味を持った。この大会に参加すれば、もう一度レンと戦えるかもしれない。だから、この子の相棒として大会に潜り込んだ」

「お前……勝負したいなら道具に細工する必要なんか」

「私の知るレンなら道具トラブルなんて、ハンデにもならない。でもその女は違う」

サリアはルーシーを指差した。

「そこは、私がいるはずだった場所。魔力だけで大した調理技術もなければ狩猟もおぼつかないあなたには相応しくない。レンは私のお婿さん――あなたは、邪魔」

つまり、ルーシーを潰すためにグレイスの罠を容認したということか。

レンの脳裏に、サリアと再会した日の言葉がよぎる。

『あなたが本気で諦めるなら……何も言わなかった。でも、中途半端に助手なんかで満足するのは……誰が許しても、この私が許さない。どんな手を使っても連れ戻す』

過去のサリアと目の前にいるサリアが重なり、その瞳に執念の火花が散る。

「レン。私は本気のあなたに勝って、猟理人として火がついたあなたを連れ戻す。幼いころは負けたけど……今度は負けない。絶対に、負けられない」

まだ幼いころの記憶。

かつて負けた悔しさをにじませながら、サリアは告げるのだ。

「あなたのそばにいるのは、私。何より、勝ち逃げなんて許さない」

「……っ、この負けず嫌いめ……！」

前半より後半が本音ではないかと思うが、今気にするべきはサリアの真意より勝負のほうだ。レンは気持ちを切り替えるように俯き、深く長い息を吐き出す。

そして顔を上げた時、いつものように不敵に口の端を吊り上げて見せた。

「お前がルーシーをどう思っていようと、勝つのは俺たちだ」

「……！」

「アマネ。事情は分かったけど手加減はしないぞ」

「分かっています。わたしは……」

「俺たちが勝って、お前も、お前の家も、何もかも全部救ってやる」

「……！」

「そうだろ、ルーシー？」

「当たり前よ！」

ルーシーはレンの隣に並んで言い放った。

「あたしに相談しなかったこと、後悔させてあげるわ！　大人しく助けられなさい！」

アマネはくしゃりと顔を歪めた。

唇をきつく結んで、俯いて、顔を上げた時、彼女の瞳に迷いはなかった。

「わたしだって、負けません。勝負です、ルーシー・ハルクヴィル！」

どぉん、と銅鑼の音が響き渡る。

『制限時間終了――！　最終試験到達者はこの二組に決まりましたぁ！　何やら道具トラブルがあったようですが大丈夫でしょうか？　道具の管理は自己責任だから注意ね！　さて、こちらも準備ができております！』

それまで四人のやり取りを見守っていた実況席が高らかに声をあげた。

ダダン、と調理台にスポットライトが当たる。

最後の戦いが始まろうとしていた。

◆第四章　抗《あらが》う者たち

『さぁ、選手たち。まずはキッチンについてください。ルールを説明します！』

レンたちが調理台へ向かうと、実況の声はさらに白熱し始める。

『最後の試験、ルールはシンプル！　猟理人としての腕を競っていただきます！　おのれの手で狩猟した食材を調理し、国際魔獣料理連盟が誇る強者《つわもの》たちを唸《うな》らせたほうが勝ちです！　それでは審査員を紹介しましょう！』

スポットライトがレンたちとは別、審査員席に向かう。

『まずは一人目！　国際魔獣料理連盟から派遣された研究員、マルカス博士！　続いて二人目、猟理人の身から大会組織委員会の幹部にまで登り詰めた女傑！　お姉さま、抱いて！　キール・ヘルヴィン女史！　そして最後にぃ！　我が学園が誇る十ツ星猟理人！学院長のオフィリア・フォン・ベルゼスだぁ！』

『ォオオオオオオオオオオオオオオオオオオオオオオオ！』

「学院生の料理など期待していないが……せいぜい、楽しませてくれたまえ」

マルカス博士の物言いに、キール女史が馬鹿にしたように鼻を鳴らした。

「若さゆえの勢いこそ恐るべきものだ。マルカス博士といったか？　私は貴様の名など聞いたことがない。一介の研究員が未来を担う彼らを馬鹿にするのはいかがなものか」

視線で火花を散らす二人に学院長——オフィリアが言った。

「まぁ二人とも、喧嘩《けんか》はその辺にしよう。我々はただ、公正に料理を審査するだけだ」

「そこに異論はない」「同じく、だ」

審査員席の話し合いが済んだのを見計らい、実況が厳かな声で促した。

『——では、宣誓を』

突如。レンたちの眼前、金色に光る羊皮紙が現れた。

そこに書かれているのはどちらが勝ったとしても一切の禍根を持たないなどの文言だ。

調理台の前に現れた神官たちが、レンたちに特殊な羽根ペンを渡してくる。

『このたびの対決は女神決闘として行われます。何人たりとも邪魔は許されず、また、結界内で何が起ころうと勝負の決着がつくまで中断はできません。自らの誇りを懸け、死力を尽くして戦うのです。それこそが、女神シルヴェルフィーゼのお導きなのだから！』

熱に浮かされたような実況の声に誰も異論を発しなかった。

レンとルーシーは顔を見合わせ、頷《うなず》きを交わす。羊皮紙にサインし、掲げて見せた。

アマネやサリアも、同じように羊皮紙を掲げている。

しゃらん、と錫杖《しゃくじょう》の音が響くと同時に、四人は叫んだ。

「「「「女神に誓って《ディア・シルヴェルフィーゼ》！」」」」

羊皮紙が金色の炎に包まれ、四人を包む調理台が神聖な結界に包まれる。

『宣誓が終わりました。果たして女神はどちらに微笑《ほほえ》むのか⁉　制限時間は八十分！　さあ、運命の一戦、スタートだぁあ！』

ごぉん、と調理開始のゴングが鳴り響き、真っ先に動いたのはルーシーだ。

「やるわよ、レン！　ちゃんとサポートしなさいよね！」

「任せとけ」

「サリアさん、よろしくお願いしますね」

「ん。私は私のため。あなたはあなたのために」

続けてレン、アマネ、サリアが動き出し、向かい合わせの調理台で四人は作業する。

カビが生えたまな板やさび付いた道具類を使うのは論外なので、調理台の上で直接作業する。ボウル類で行う作業は鍋で代用だ。やりにくいが仕方ない。

「さて……ルーシーはハンバーグを作るんだったたな」

レース中に調達できたのは蜥蜴牛《リザードファング》の肉とキノコ類、山菜やワイルドレタス、ハチミツ、その他香草類に川魚といった具合だ。トラブルがあったことを考えれば成果は上々。

蜥蜴牛の肉質も最高のものに仕上げてあるし、勝機は十分にあるはずだ。

「調理は任せたぞ、ルーシー」

抹消魔力持ちのレンは可能な限り調理に関わらないため、下処置などのサポートに徹する。ルーシーは洗った食材を並べ、手順を考えていた。

「この中で一番時間がかかるのは、メインの下拵《したごしら》え……まずはお湯を沸かして、その間に肉の繊維を切って、それを出汁《だし》にしてスープを作る……うん、段取りはこれでいいわね。じゃあ……ヴェルネス流調理術式『風包丁《アッシェ・バースト》』！」

ルーシーの生み出した風の包丁が、ひとりでに野菜をカットしていく。スイッチが入った相棒に満足し、レンも彼女が戦いやすいように野菜を下拵え、道具の準備などを行う。

そんなルーシーの集中を乱すように、反対側から声がかけられた。

「魔力制御が格段に上手《うま》くなりましたね、ルーシーさん。ただ……」

アマネは意味ありげに周りを見渡し、乾いた笑みで言った。

「あなたの敵は、わたしだけではありませんよ」

その言葉を皮切りにしたわけではないだろうが――観客がざわつき始めた。

まともな道具を使わず、調理台の上で食材を刻むルーシーに嘲笑を投げかける。

「おい。あいつなんでまな板使わないんだ？」

「大方、試験中に使って破損でもさせたんじゃないか」

「うわ。道具もまともに扱えないの？　なんであんな奴《やつ》が生き残ったんだ」

「最悪。あんなのが作った料理なんて美味《おい》しいわけないじゃない。田舎に帰りなさいよ」

観客席から怒濤《どとう》のように押し寄せる罵倒の数々。それは主に学院の生徒たちだ。

「かえーれ！」「かえーれ！」「かえーれ！」「かえーれ！」「かえーれ！」「かえーれ！」

『暴姫《タイラント・クイーン》』と揶揄《やゆ》されていたルーシーが、華々しい舞台に立っていることに嫉妬しているのだろう。嫉妬と悪意を煮詰めた感情の波が押し寄せている。

彼らはルーシーの敗北を見ることで、安心したいのだ。

所詮はこいつも、自分たちと同じ落ちこぼれなんだと。

自ら舞台にも立たず罵声を向ける観衆に、レンは拳を握りしめた。

平気そうな顔をしながら、手が震えている相棒のところへ歩いていく――

◆

ルーシーは震えが止まらなかった。

（平気。平気よ。こんなの、いつものことだわ。いつも、こうやって、馬鹿にされて）

これまでと同じだ。何を馬鹿にされようが、自分は自分。

自分が迷惑をかけたならまだしも、今の彼らに何かを言われる筋合いはない。

――そう思っているのに。

（止まりなさい、止まりなさいよ。なんで震えるのよ……！）

ルーシーを苛《さいな》むもの。それは一つの事実。

（あ、あたしが、ちゃんと確認をしていれば、こんなことには……！）

レンは念のため道具を確認しようと言ってくれていたのに、自分は焦った。

この選抜戦自体、自分はレンに助けられっぱなしだった。

――本当に、そうなのかもしれない。

自分はこの舞台に立つべき人間ではなく、自己満足の努力に浸っているのがお似合いな落ちこぼれで。口で吼《ほ》えるだけですぐに暴走する『暴　姫《タイラント・クイーン》』の呼び名に相応《ふさわ》しい女。

「あ、あたしは……！」

血の気が引いて体温が急速に下がっていく。手足が震え、術式の刃がブレる。

ここで負けるなら道具のせいにできる。あたしのせいじゃないって、言い訳が――

「ルーシー！」

声が、した。

ハッと顔を上げれば、レンの顔が間近にあった。

「れ、レン……あたし、あたし……」

「ルーシー。俺を見ろ」

「え」

「俺を見ろ。俺だけを見ろ。他の奴なんて気にすんな。あいつらはお前が羨ましいんだ」

力強い瞳がルーシーの心臓を射抜いた。

いつも支えてくれた手が肩に置かれ、ぎゅっと握られた手から、体温が伝わってくる。

「お前はすごい奴だ。毎日遅くまで人一倍努力して、自分の弱みと真剣に向き合ってるすごい奴なんだ。周りの声なんかどうでもいいだろ。自分を。そんで俺を信じろ」

「レンを……？」

「そうだ。自信が持てないなら、それでいい。お前を信じた俺を信じろ」

――あぁ、この人は。

「俺は知ってる。お前が陰で人一倍努力する頑張り屋だって」

――いつだってこの人は、あたしを支えてくれるんだ。

「俺が見てる。お前がちゃんとできるまで、しっかりサポートしてやっから」

パァン、と。背中を叩《たた》かれたような気分だった。

――そうよ。あたしには、最高の相棒がいるじゃない。

変に意地っ張りで、料理が大好きで、いつも、自分をちゃんと見てくれる男の子。

貴族とか成績とか、そんなレッテルではなく、ありのままの自分を受け入れてくれる。

たとえ世界中の誰から嫌われたって、彼が信じてくれるなら――

――あたしは、どんなことだって頑張れるんだ！

「ふ、ふん……！　別に、落ち込んでなんてないもん！」

ルーシーは作業をしながら顔を上げ、誇らしげに胸を張る。

「見てなさい！　あんな奴らぎゃふんと言わせる料理を、今から作ってやるんだから！」

「上等だ。やってやろうぜ」

「えぇ！」

肘と肘を合わせた二人は作業に戻り、調理の世界に没頭していく。

もはや周りの声は聞こえない。ただ二人が奏でる作業音だけが、世界のすべてだった。

◆

（レンさん。やはりあなたは厄介です。あそこから持ち直させるなんて）

向かい側の調理台で作業のテンポをあげた二人を横目に、アマネは歯噛《はが》みした。

レン。ルーシーの助手として現れた彼こそ今大会における最大の障害だ。

迷いの森を共に駆け抜けたことで、レンの実力は身に染みてよく分かっている。

だがそれでも、アマネ・シンフィールドは勝利を確信していた。

実況が声を大きく張り上げる。

『アマネ選手、メレンゲを泡立て始めました！　一体何を作るのでしょうか⁉』

『彼女が用意した食材は……爆発キノコに、サファイアフィッシュ、ゴールド牛の乳……それと小麦粉類か。なるほど。これはテリーヌ……いや、キッシュだね』

確かにアマネはキッシュを作ろうとしていた。

彼女が得意とするお菓子料理の中でメインとして使えるレシピはそう多くはない。その中でもキッシュはフィヨルド地方の郷土料理として発祥し、世界に広まった料理だ。内容次第でバリエーションが豊富となるキッシュは、普段なら副菜として供される。

もちろんただのキッシュ程度で審査員たちが舌を唸らせるほど、この大会は甘くない。

だが、アマネとサリアの類《たぐい》まれな調理技術は、キッシュを新たな領域へ昇華させる！

(わたしが作るのはただのキッシュじゃない……ここからは、真っ向勝負です！)

お菓子の分野に限っては、アマネはこの学院の誰にも負けない自信がある。

「アーキボルク流調理術式『急速冷凍《アルーレ・グラキス》』『生地形成《マテリア・フォルマ》』『調味混合《ハーブ・ブレンディング》』」

「ゼクシーア流調理術式『温度管理《ブル・ペリド》』」

生地の形成やバターを溶かす時間などを術式で簡略化。その作業を術式に任せたまま、アマネとサリアは包丁を操り、あるいはミキサーで攪拌《かくはん》し、調理を仕上げていく。

(やっぱりサリアさんはすごい……術式を三つも並行励起するなんて……！)

アマネには絶対にできない離れ業だ。その魔力量も、術式制御技術も。

本来なら二十分かかる作業が三分で終わってしまった。

凄《すさ》まじいの一言——とはいえ、お菓子作りはアマネの領分。指先の繊細な感覚では。

(生地の結合具合は若干弱い……要調整。クリームの温度は……あと〇・一度あげる)

アマネ・シンフィールドは勇者の一族に負けじと張り合う。

そうしてでき上がったのは、アマネ独自のスパイスを配合したタルト生地だ。

アマネは表面にバターを塗り、炒《いた》めた爆発キノコを等間隔に並べる。山菜を添え、メレンゲを混ぜたクリーム生地を流し込む。幸せを運ぶ甘い香りがふわりと漂い、キッシュが赤、蒼《あお》、黄、緑、橙《だいだい》と、五原色の輝きを放った。

『アマネ選手、調理は大詰めだぁ！　しかも魔食反応は五色！　これはすごい！』

『うん。基本的に複雑な効果を組み合わせるほど調整が難しくなるからね。五色はプロでも相当難しい。七ツ星並みだ。学生レベルじゃないよ、本当に』

（そう。わたしは負けられないんだ……救貧院のみんなのために、絶対に勝つ！）

キッシュ生地は完成だ。後はオーブンが終われば一番手間のかかる工程は終わり。

（あとは、このお菓子をただのキッシュで終わらせないように……！）

「ゼクシーア流調理術式奥義『空の御手《ラ・カエルム》』」

アマネは勝負の鍵を握る、副菜の調理へ移る――

◆

オフィリアは審査員席でルーシーを見る者たちの言葉を聞いていた。

「あのルーシーって子、意外とレベルが高いじゃないか」

「ワイルドレタスは苦みが強くて生食には向かない。ハーブティーなどに用いられるのが一般的だ。それを、湯煎して苦みを抑えた上で蛞蝓牛のミンチと混ぜるか」

「ここまで生き残った生徒だ。レベルが低いことはあり得まいよ」

見たところ調理技術は互角。ならば、味の優劣ではなく、魔食効果が勝負の分かれ目！

（ここまでは順調――だが、果たしてこのまま終わるか……？）

その目線はまっすぐ、必死に調理を続けるルーシーに向けられている。

「人の悪意はときに想像を凌駕《りょうが》する……負けるなよ、二人とも」

◆

ルーシーの調理は順調だった。

シュナイダーの脱落やアマネの裏切りなどいろいろあったが、ここまで来られたのは二人が力を合わせた結果と言えるだろう。ミスらしいミスもなく、レンの発破で周りの声を無視して調理の世界に没頭できていた。

「あたしの全部を、この料理に込める！」

調理終盤、大詰めに差し掛かったルーシーはおのれの魔力を肉ダネに注《つ》ぎ込《こ》む。

すると、肉ダネに眠っていた魔力が感応し、魔食反応が起こった。

その色の数は、三色。

レンとの修業で身に着けた魔力制御技術は、確かにものになっている。

少なくとも暴走することはないし、魔食反応の色こそアマネより少ないものの、込められた魔力の純度、魔食効果の効能具合は、こちらが上のはずだ。

そのはずなのだが……やはり不安がぬぐいきれず、ルーシーは顔を上げる。

「「……」」

アマネと目が合った。魔食反応を見たアマネは口の端を上げている。

まるでわたしの勝ちだと言われている気がして、ルーシーの頭にカッと血がのぼった。

（なによ。こっちだって負けないんだから！）

向こうは既にキッシュの仕上げに入っているようだ。ルーシーは急いでフライパンに肉ダネを置いて表面に火を入れる。ただでさえハンバーグは時間がかかるのだ。

早く、早くしないと時間が足りない。次は副菜だ。

少しでも気を抜けば緊張で頭がおかしくなりそう。心臓の鼓動がうるさい。

（大丈夫。このままいけばきっと勝てる。このままいけば――）

これまで積み重ねた努力が、今日こそ実を結ぶ時が来たのだ。

「絶対に、負けないんだから！」

決意と共に包丁を握ったその瞬間だった。

「え?」

カチ、と音がした。

何かが起動する音。同時に視界が光に包まれる。

——……ドォンッ!

熱を感じる。身体《からだ》が焔《ほのお》に包まれる感覚。

「ルーシー!?」

爆発がルーシーを吹き飛ばした。

◆

時間が引き延ばされていくような感覚だった。

ルーシーの手元で不自然に魔力が揺らぐのを感じてレンは顔を上げた。

爆発が起きたのは次の瞬間だ。

「ルーシー!?」

包丁の柄が爆発し、ルーシーが吹き飛ぶのをレンは目撃する。

悲鳴をあげたレンは一瞬で作業を中断し、相棒の元へ駆け寄る。

──彼女の手は黒焦げになっていた。

「きゃぁあああああああああああああ！」

観客席から悲鳴が上がる。ざわめきの波が会場全体に広がっていく。

「ルーシー！　ルーシー！　しっかりしろ！」

「う、あ……」

呻《うめ》き声をあげる彼女を抱き起こし、レンは怪我《けが》の状態を見る。

彼女の手は黒焦げで、お腹《なか》から太ももにかけてひどい火傷《やけど》を負っている。

今すぐ処置しなければ、二度と包丁を握れなくなってしまうかもしれない。

『ば、爆発⁉　今、包丁が爆発しましたよね⁉　ちょっとこれ……早く！　医療班を呼びなさい！　降参を認めるまで待機！　あと誰かエヴァンさん止めて⁉』

『離せッ！　今、魔力の反応があった。僕の娘は誰かに傷つけられたんだ！　見つけ出して百回ぶっ殺してやる！　離せぇえええええええええ！』

大会運営たちも動き出し、会場のざわめきは止まることを知らない。

早く治療をさせようとしたレンの胸を、ルーシーの弱々しい手が掴《つか》んだ。

「レン、早く、調理を……！」

「馬鹿野郎！　お前の治療が最優先に決まってんだろうが！」

「そんなの後でいい！　レン、ここは猟理人の戦場なのよ！」

ルーシーは気力を絞り出すように叫んだ。

「ハァ、ハァ、女神決闘の結界は、本人たちが負けを認めないと解除されない……あたしを治療するってことは、負けを、認めるということ。こうしている今も、時間が……！」

「そんなの！」

どうでもいい。なんて、彼女の目を見て言える者がいるだろうか。

「……っ」

頭がおかしくなりそうだった。

負けたくない。でもルーシーに死んでほしくない。

彼女の意思を無駄にしたくない。でも、でも、でも――

「くそ、くそ、こんな、決着……！」

レンは顔を上げ、視線の先に居るアマネを射殺すように睨《にら》みつける。

「アマネぇっ！　お前、お前はどこまで……！」

しかし、アマネは顔を蒼褪《あおざ》めさせており、激しく首を横に振った。

「ち、違う！　わたしはそこまでやるなんて聞いていません！」

脳裏によぎる一人の男の姿。レンは奥歯を噛《か》みしめた。

「グレイス・マッケローニ……！」

「――気付いてる？　レン」

ほぼ調理を終えたアマネは動揺していても、サリアは平然とした顔だ。

「そのままじゃ、彼女は猟理人として死ぬ」

「……っ」

レンは奥歯を噛みしめた。

ルーシーの傷口は、手がくっついているのが不思議なほどだった。

黒焦げた手を下手に動かせば、ぽろりと取れてしまうかもしれない。

——彼女を助ける手段は、たった一つ。

サリアがじっと視線を注いでいる場所に、レンも遅れて視線を注ぐ。

忘れもしない、蜥蜴牛《リザードファング》を狩猟した時にレンが用いた方法だ。

『なにこれ。一瞬で治った⁉』

頬を切ったルーシーを癒《いや》したのは。

「蜥蜴牛の、魔食効果……！」

蜥蜴牛《リザードファング》の持つ再生促進作用。間違いなくハンバーグに含めてあるそれを、使えと。

確実に負ける代わりに命は助かると、サリアはそう言っているのだ。

三つあるうち一つを食べさせれば、審査員全員に行き渡らないと分かっていて、なお。

「だめ、よ。レン……」

「……ルーシー」

一瞬の迷いを見透かしたかのように、ルーシーが手を掴んできた。

息も絶え絶えなのに、彼女の瞳には強い光が宿っている。

「絶対、諦めちゃ、駄目……調理中に怪我をしたからって、降参して治療をするなんて、ありえないわ。あたしは……あんたの力を証明するために……」

――俺の、ため。

途切れ途切れに聞こえた言葉にレンは泣きそうになった。

ルーシーの言葉に、自分は一体どれだけ救われただろう。

このまっすぐな女の子を喪《うしな》うなんて考えられない。考えたくもなかった。

「絶対、絶対、食べないからね……！」

レンの手を掴むルーシーは口を閉ざし、決死の表情だ。

友の命か、友の夢か。

皮肉にも彼女の態度こそが、レンの迷いを断ち切ってしまった。

レンはハンバーグを切り取り、おのれの口に含んだそれをルーシーの口に押し当てた。

「んぐ……⁉」

目を見開くルーシー。血に染まった唇を割り開き、ハンバーグを食べさせる。

初めてのキスは最悪の味。暖かな感触が、より一層レンの罪悪感を刺激する。

(ごめんな。ルーシー)

涙目で「どうして」と訴えるルーシーの口を押さえ、ごくりとハンバーグを咀嚼《そしゃく》させる。

「たとえ負けても、俺はお前に生きてほしい」

途端、三色の魔食反応が彼女を包み込み、またたく間に腕が再生されていく。

身体の傷はすべて回復し、彼女が命を落とすことはなくなった。

だが、これで。

「……終わった、か」

三つ用意したハンバーグのうち、一つは失われ、残り二つ。

これでは審査員全員に配ることはできない。全員に食べてもらわねば、失格確定だ。

二つを三人で分けるなど料理の審査としては論外。

制限時間は残り二十分と少し。今から新しい料理を作る時間はない。

唇を奪い、友の夢をも断ってしまった事実にレンは押しつぶされそうだった。

――俺がもっとグレイスのことに気を付けていれば。こんなことには……。

きっと会場中の誰もが自分たちの敗北を確信しているだろう。

制限時間も食材も技術も経験も足りず、ここからの挽回《ばんかい》は不可能。

だが、気の毒そうな目を向けてはいても、誰も庇《かば》おうとはしない。

調理トラブルは猟理人につきもの。

立ちふさがる悪意を乗り越えてこそ、世界に羽ばたいていく資格があるのだと。

それでも。

「──まだ、勝負は終わってないわ」

燦然《さんぜん》ときらめく光を瞳に宿し、口元を拭ったルーシーは理不尽に立ち向かう。

膝をつき、絶望の前で蹲《うずくま》ることしかできないレンを、彼女は叱りつけてきた。

「レン。言いたいことは後で言うわ。今は、立ちなさい」

「でも、ルーシー……もう、勝負は」

「立ちなさい。あたしたちはまだ負けていないわ」

「負け、だろ。悔しいけど、ここまでされたら、俺たちは」

「まだあんたがいるでしょうがっ！」

叫び声が、調理スタジアムに響き渡った。

レンの襟首を両手でひっつかみ、ルーシーは額を合わせてきた。

「このままじゃ確実に負ける。絶対に負ける。そんなの嫌よ、悔しいじゃない！　あたしは諦めたくない。一パーセントでも希望があるなら、それに賭ける。そうでしょ⁉」

「そう、だけど」

「あんたなら、ここからでも挽回はできる。そうよね⁉」

「たとえそうだとしても！　俺には何もない！　術式も、魔食効果だって！」

「だから、そんなの要らないって言ってんでしょう⁉」

パァン、と乾いた音が響いた。

頬を叩かれたと気付いたとき、ルーシーの瞳に涙が溜《た》まった。

「言ったはずよ、レン！　術式も魔食効果も関係ない。あたしはあんたの腕が欲しいって！　あんたの作るものは最高だって世界に示すために、優勝を目指すって！」

「それは」

なおも目を逸《そ》らすレンに、ルーシーは叩きつけるように叫んだ。

「『誰でも出来る勇者の魔獣調理術・奥伝の心得』！」

ハッ、とレンは顔を上げた。涙に濡《ぬ》れたまっすぐな目がレンの心を射抜いていた。

「『おのれを信じる者だけが、未来を切り開く』」

「ぁ……」

「『猟理人の道にはさまざまな困難が付《つ》き纏《まと》う。時に挫折することもあるだろう。悪意に膝をつくこともあるだろう。失敗に泣くことも、絶望に心が折れることもあるだろう』」

それはこれまでレンの心を支えてくれた、先祖の教え。

レンが歩んできた過去のすべてを肯定し、背中を押す相棒の叱咤《しった》。

「『それでも、おのれを諦めるな。決して立ち止まってはならない』」

「『君がまだ、猟理人たらんとするならば‼』」

衝撃が全身をゆさぶり、絶望に足をとられたレンを引っ張り上げる。

ルーシーはレンをまっすぐに見つめながらまくしたてた。

「ねぇレン。ダメだった時は一緒に泣いてあげる。でも立ち向かわずに逃げることは許さない。だって、それじゃつまんないじゃない！　かっこわるいでしょ⁉」

おのれの理想に邁進《まいしん》し、全力で戦えと訴えてくる。

「あたしは信じてるわ。あんた以上に、あんたを信じている。世界中の誰が無理だと言っても、あたしだけはあんたを信じる。だって知ってるんだもの」

花のように笑いながら、彼女は告げるのだ。

「あたしが憧れた男は、こんな絶望、簡単にひっくり返してくれるんだって‼」

揺るがぬ確信を宿した言葉が胸に火を灯《とも》し――

「かっこいいところ、魅せてよ、レン‼」

「……っ‼」

レンの心は燃え上がった。

相棒の厳しい言葉に応え、魂の奥底から無限の力が湧き上がってくる。

――いつまで、膝をついてるつもりだ。

――立て。立てよ、俺。ルーシーの言葉を嘘《うそ》にするつもりか⁉

――今ここで立たなきゃ、こいつの隣に並ぶ資格なんてあるわけないだろうが‼

パァン！　と甲高い音が響いた。

両手で頬を叩いたレンは立ち上がり、深く長い息をつく。

「……悪いな。手間かけさせた」

「……ほんとよ、ばか」

涙声のルーシーにレンは鼻をすすり、胸を張ってみせた。

「お望み通り、やってやるよ。俺についてこれっか、ルーシー？」

「えぇ。絶対に喰《く》らいついてやるわ！」

そう言って、額と額を合わせたレンとルーシー。

全幅の信頼を寄せる二人に嫉妬したのか、サリアが温度のない声で言った。

「……ここから挽回できるっていうの、レン。足手まといを引き連れて」

「足手まといなもんか。ルーシーは俺の、大切な相棒だ」

「焼いてる途中のハンバーグが二個。常識的に、無理だと思う」

レンは肩を竦《すく》めた。

「まぁ、今のままじゃ無理だな」

「だったら」

「でも、食材がもう一個あれば話は別だ」

そう言ってレンが食材トランクから取り出したのは、ある魔獣の卵だった。

それはレンの運命を変えた魔獣。やたらと懐いてくる雷鳴獣《グリフォン》の置き土産。

底蓋の下に隠していた手のひらサイズの大きな卵を見て、サリアは目を見開く。

「それは……！」

「万が一のために隠れて用意していたんだ。ルーシーが鮮度にうるさいから、使わずに済めばそれでよかったんだけど、ま、この状況じゃそうも言ってられねぇし」

この大会のルールでは、一人一つ食材の持ち込みが許可されている。

それを知ったレンはどんな料理にも使える卵を持ち込んだのだ。

もちろんルーシーには内緒だったので、ルーシーは少しだけ不満顔。

とはいえ逆転するのに必要だと割り切ったのか、すぐにかぶりを振って。

「いいわ。この際もう何も言わない――任せたわよ、レン」

「おう」

さて、ここで問題である。

制限時間は残り二十分。残った材料を使ってアマネたちの料理に勝てるだろうか？

この無理難題を前に、レンは答えた。

「魅せてやるよ――誰でも出来る勇者の魔獣調理術ってやつを」

ばさりと上着を脱ぎ捨て、袖をまくる。

「勇者の料理で、テメェらの常識をぶち壊す！」

◆第五章　伝説を継ぐ者

『レン選手、ルーシー選手、慌ただしく動き始めました！　道具不良、仕組まれた爆発！　相次ぐトラブルが降りかかってなお！　彼らは諦めていません！　お姉さん諦めが悪い子は大好きだよ！　そう思いませんか、解説のエヴァンさん！』

『あぁ。我が愛しの娘《マイ・リトル・レディ》の成長が見れて僕は嬉《うれ》しいよ。とはいえ、道具に細工した奴《やつ》は必ず見つけ出す。娘の晴れ舞台を穢《けが》した罪、万死に値するよ』

『親バカと言いたいところですが、同意です。神聖な女神決闘を穢した者は許しません。この決闘が終われば大会組織委員会は全力を挙げて調査すると、この場で約束します——とはいえ、再起した選手たちですが……このままじゃ不味《まず》いですね、エヴァンさん』

『あぁ。ルーシーたちの作戦には致命的な欠陥がある』

実況の言葉を耳にしながら、アマネはレンたちを観察していた。

まずルーシーが素早く米を洗いながら術式で玉ねぎを刻み、レンのほうは卵を割って溶きほぐしてからハンバーグをコイン大に切っていく。

その様子を見て、アマネは彼らが何を作っているのかを理解した。

「……まさか、オムライスを作るつもりですか？　この短時間で？」

「恐らく。というかそれしかない」

サリアの同意を得て、アマネは思わず呟《つぶや》いた。

「いや、いくらなんでも無理でしょう……」

オムライスは手頃な値段で作れるため庶民の間で親しまれている料理だが、本格的に作ろうと思えば結構な手間と時間がかかる。米を炊《た》かなければ話にならないからだ。

余りもののご飯を使うなら話は別だが、レンたちはそうではない。

制限時間残り二十分で米を炊き、玉ねぎや人参《にんじん》といった野菜を刻み、調味して炒《いた》め、ソースを作り、チキンライスを作ってから卵で巻く……これがどれだけの手間か。

今から米を炊くとなれば、二十分という時間は厳しすぎる。

しかも、その程度の料理で自分たちの料理に勝つ？　不可能だとアマネは断ずる。

「何より……レンさんが持ってきた卵、あれが問題です」

アマネはエヴァンが口にしたのと同じ問題点を指摘する。

「あの卵……瘴気《しょうき》の浄化が終わってない」

そう、そうなのだ。

卵は殻の中に命があるため、基本的に割ったあとで瘴気を浄化しなければならない。

それはシュークリームの授業でも教えられた世界の常識だ。

「瘴気を取り除かなければ魔獣食材は食べられない」

瘴気を浄化するだけで二十分はかかるが、瘴気の浄化が終わるころ、制限時間は過ぎている。常識に基づいたアマネの意見に観客も同意だったのだろう。

調理スタジアム中に、さざ波のように嘲笑が広がっていく。

「あの卵って祭壇で祈禱《きとう》していなかったよな？　使えねぇじゃん」

「大体、オムライスとかショボすぎだろ。早く諦めろよ。見ていてイライラすんだけど」

そんな観客たちの声など、レンたちに聞こえてはいない。彼らの瞳に映るのは目の前の調理。それだけだ。その態度が、何よりも観客たちを苛立《いらだ》たせ、そして――

「――それはどうかな？」

拡声石を使った学院長――オフィリアの声が、朗々と響き渡った。

会場に広がっていた暗い空気を吹き飛ばした声の主に、キール女史が水を向ける。

「どういうことかな、学院長殿？」

「よく見てみたまえ。少しでも魔獣料理に関わる者なら分かるはずだよ」

意味ありげなオフィリアの言葉に、アマネは眉をひそめて調理台を見やる。魔獣の瘴気が残った料理など食べられないはずだ。学院長がそのことを分からないはずはないが――

「……は？」

アマネは目を見開いた。

それと同時に、調理台の異変に気付いた者たちの驚きが観客席に伝播《でんぱ》していく。

「どういうこと、ですか……？」

レンがボウルに割りいれた、グリフォンの卵が纏《まと》う瘴気が――

「瘴気が、みるみるうちに浄化されていく……⁉」

彼が卵を溶くたび、瘴気が消え、光輝く卵が姿を見せていく。

汚れ切った皿がお湯を浴びて綺麗《きれい》になっていくように。それはまるで――

「――魔法みたいだ」

息を呑《の》む誰かの呟きが聞こえる。アマネも同じ気持ちだった。

（あれは、一体……？）

「諸君は知っているだろうか。『伝説の再来』の噂《うわさ》を」

その身一つで瘴気を浄化するレンに誰もが呆気《あっけ》にとられるなか、オフィリアは問いかける。一同の気持ちを代弁するかのごとく、キール女史が頷《うなず》いた。

拡声石を使った審査員席の声にスタジアム中が耳を傾ける。

「もちろん知っているとも。この一年、国際魔獣料理連盟に所属しない国々を渡り歩き、その身一つで飢餓に苦しむ人々に魔獣料理を提供した、巷《ちまた》で話題の英雄……」

キール女史は言葉を途切れさせた。

「まさか」

「か、彼が、そうだと言うんですか⁉」

アマネは愕然《がくぜん》と目を見開いた。

凄《すさ》まじいスピードで調理を行うレンの実力はこの目で見た通りだが、本当に――？

「そう。これこそ、彼の真骨頂。レンがあらゆる意味で特別な所以《ゆえん》」

オフィリアの代わりに、サリアがアマネの言葉を肯定した。

「レンの抹消魔力は魔食効果を打ち消す代わりに、魔獣が纏う瘴気すら浄化する」

「「「なぁっ!?」」」

スタジアムにいる全員が目の玉が飛び出るほど驚いた。

当然だ。魔獣食材が纏う瘴気は世界中で問題となっており、瘴気を纏ったまま魔獣を食べると、生命の源たる魔力《オド》を瘴気に乱されて身体《からだ》が内部から崩壊する。だからこそ、瘴気を浄化するための龍脈を一手に押さえる、国際魔獣料理連盟《ユニオン》が絶大な権力を誇っている。

レンの体質は、世界に幅を利かせる統治機関に喧嘩《けんか》を売るようなものだ。

「半年間、レンと私は旅をした。国際魔獣料理連盟に所属していない国を渡り歩いた。彼らは連盟に所属していないから魔獣の瘴気を浄化できない。小型の祭壇装置も連盟の独占する技術だから。でも、それを解決したのがレン。魔食効果のせいで私につけられた異名みたいになっているけど……『伝説の再来』なんてあだ名、本当はレンのもの。本人に言ったら絶対に否定するけど、狩猟も調理も、誰より素晴らしい技術を持っている」

「サリアさん、あなたは、これを、知っていて……？」

「全力全開のレンを叩《たた》き潰してこそ、私が連れ戻す価値がある」

「……っ！」

アマネは息を呑んだ。それこそ、サリアが転校してきた理由だと気付いたのだ。

抹消魔力を持っていることで猟理人の道を諦めかけていたレン。

彼を表舞台に引きずり出し、再起させるために全力で戦う。そのために、彼女は——！

「心配は要らない。私たちは負けない。なぜなら」

「レンさんの調理は、魔食効果を打ち消すからですか」

たとえここから一発逆転の手を編み出し、調理を完成させたとしても。

勝負が魔獣料理である以上、自分たちが負ける理由はない。

「だからこそ今この時まで、レンさんは助手に回っていたわけですね」

アマネは納得と同時に安堵《あんど》したが、一つ疑問もある。

目の前で展開されていく彼の調理スピードが、あまりに速すぎるのだ。

残像が見えるほどの速度で動いてなお、調理台は綺麗に保たれている。

尋常ならざる調理技術もそう。抹消魔力というハンデを抱えた彼は、一体どんな経験を経て『伝説の再来』と呼ばれるに至ったのか……アマネの疑問に、サリアが答えた。

「『誰でも出来る勇者の魔獣調理術』って本がある。知ってる？」

アマネは形のいい眉をひそめた。

「確か、大調理時代黎明期《れいめいき》に出版された本ですよね？　著者が勇者だから大量に刷られたけど、内容があまりに荒唐無稽すぎて誰も実践できず、当時すごい混乱が起きたとか」

「レンはそれを丸暗記し、すべて習得している」

「「「は？」」」

サリアの声を音声ゴーレムがスタジアム中に届ける。

実況たちもレンの素性を語るサリアに注目していたのだろうが、学院長席周辺の幹部までもが渾身《こんしん》の「は？」を繰り出した。

もちろん彼らも勇者の本は読んだことがある。

だがあの本に書かれている内容は無理無茶無謀、そして理解不能な擬音ばかり。

「それができたら苦労しねぇんだよ！」と誰もが匙《さじ》を投げたという奇書だ。

当時、あの本を真似《まね》して死亡した者が相次ぎ、禁書指定した国すらある。

それを、十代の若者が実践してのけたというのか――？

「レンは昔から、自分の欠点を克服しようともがいていた」

サリアは懐かしむように目を瞑《つぶ》る。

「誰もが彼の抹消魔力や、調理術式がないことを馬鹿にして、遠ざけた。レンはそんな状況を打開しようと、何年も、何年もかけて、ひたすらあの本の通りに従った」

幾千幾万の試行を繰り返し、繰り返される擬音に独自の解釈を加えた。

そして既存の常識を塗り替える新たな魔獣の狩猟法を確立していった。

そうすれば、自分も『夢の続き』が見られるのだと信じて。

彼を馬鹿にし続けた者たちを見返す、それが唯一の方法だと信じていた。

「それが彼の覚悟。彼の生き様。なのに、一族の奴らはレンを『無色』と蔑んだ」

サリアは怒りに燃える双眸《そうぼう》を、学院長の隣に座る男へ向けた。

「なんとか言ったらどうなの。マルカス博士――いいえ、おじさん」

「⁉」

周りの視線が集中したマルカス博士は「ふぅ」と息をつき、眼鏡を外して髪をかきあげた。変装用の仮面《かお》が外れ、鍛え抜かれた刃物のような顔貌が露《あら》わになる。

キール女史が驚愕《きょうがく》の声をあげた。

「【七食聖】が一人、『食の調停者』シン・アーキボルク⁉」

「おやおや。せっかく変装していたのに、顔を晒《さら》していいのかい？」

オフィリアの愉快そうな言葉にマルカス博士――レンの父、シンは言う。

「私はただ、愚かな姫《めい》が監視を振り切ったと聞いて、その後始末に来ただけだ。父親としてここに居るわけではない。匿《かくま》っていた貴様がよく言えたものだな、オフィリア」

「ふふ。素直に息子を心配して探していたと言えばいいのに。正体を隠すことに協力してあげた私に、お礼を言ってもいいんだよ？」

シンは口元をへの字に曲げた。

「……サリア。独断専行の対価は高くつくぞ」

「好きにすればいい。私は全力を出しきったレンを連れ戻せるならなんでもいい」

アマネは内心で苦笑をこぼす。

（わたしは弱体化したままのほうがよかったんですが……）

ルーシーが爆発に巻き込まれた時はどうしようかと思ったが、結果的に彼女が無事でいたことでアマネの感情は落ち着き、ただ勝利を見据えるようになった。

陰湿で最低な方法でも――これで生まれ育った救貧院《家》を救えるのだと。

だから、二人には諦めてほしかったのに。

（万が一にも、わたしたちの勝ちは揺るがないはず……）

どんなにすごい料理を作っても魔食効果がない以上、負けはないはずなのに。

どうして、こんなに胸がざわつくのだろう。

「……二人とも、楽しそうに調理をしますね」

調理台を挟んで嵐のように動き続ける二人。

口元に笑みが浮かんだ二人の動きを見て、アマネは眩《まぶ》しそうに目を細めた。

もしも自分がグレイスに利用されていなかったら――

「少しだけ、羨ましいです」

◆

――制限時間、残り三分。

盛り付けはおろか、チキンライスすらでき上がっていない。

普通の猟理人なら『無理だ』と断言する絶望的な状況である。

だが、レンとルーシーの心に不安は一切なかった。

（ルーシーがそばにいる）（レンが一緒にいる）

性格も嚙《か》み合《あ》わない、好みも違う。

ただ料理が好きという一点において、彼らはシンクロする。

絶体絶命のピンチをチャンスに変え、勝利への道を導き出す！

「レン、そっちの仕上げは⁉」

「任せろ。あと三十秒で完了」

「ごめん！　あたしのほうは時間かかりそう。手伝ってもらっていい⁉」

「ソースだな。おっけー。ちょっと待ってろ」

――残り一分。

調理を仕上げながら、二人は会話する。

「ねぇ、レン」

「なんだよ」

「なんか、楽しいね」

「……そだな」

「あたし、あんたと一緒ならどこまでもいける気がする」

「奇遇だな、俺もだ」

「ねぇ、レン」

「ん？」

「勝とうね」

「おう」

——残り、五秒。

「「これで、完成だ《よ》」」

◆

『タイムア————ップッ！　両者そこまで！　すべての作業を終了してください！』

実況の声と同時に作業を終える選手たちをオフィリアは満足げに見ていた。

戦いの中で成長する若人を見るのは、いつ見ても心が熱くなるものだ。

女神決闘も終盤。結界がぐわんと広がり、審査員席を巻き込むように張り直された。見れば、放送席で大きく身を乗り出した実況が一人で盛り上がっている。

『観客の皆さま、ご覧ください！　一体誰がこの状況を想定したでしょうか⁉　相次ぐトラブル、一時は命の危機にすら陥った彼らが、なんと、料理を完成させました！』

『まったく……よくやったものだよ、レンくん。我が愛し《マイ・リトル・レディ》の娘』

『果たして女神はどちらに微笑《ほほえ》むのでしょうか⁉　かたや周到に準備を進めたアマネ選手たちと、かたや『暴姫《タイラント・クイーン》』、そして瘴気を浄化する『伝説の再来』！　勝つのはどちらか⁉　審査に行きましょう！　まずはアマネ選手から！』

実況の声と同時に、アマネとサリアが進み出た。

お盆に載せた料理がオフィリアたちの席に運ばれていく。

全員に行き渡ったタイミングで、銀色のドームカバーに覆われた料理が露わになった。

その瞬間、スタジアム中に食欲をそそる香りが充満する。

「ほぉ……なかなか綺麗じゃないか」

皿の上に咲く、一輪の薔薇だ。

薔薇《ばら》があった。

こんがりと焼けたキッシュ生地の土台が黄金色《こがねいろ》に輝き、随所にエメラルド色の具材がちりばめられている。カリカリに焼けたタルト生地から漂うバターの香り、そしてその上に咲いているのは、透き通った飴《あめ》細工の薔薇だ。

ごくり。とスタジアム中がよだれを呑み込んだのを見て、アマネは微笑んでいた。

「『姫君の薔薇《キッシュ・ド・ローズプリンセス》』でございます。どうぞ下から順にお召し上がりください」

「うむ。では実食と行こう」

オフィリアが先陣を切り、キッシュにナイフを入れる。

宝石のようにきらきらした断面をうっとり鑑賞しながら、フォークを口に運んだ。

サク、とタルト生地の香ばしい香りが口いっぱいに広がり、オフィリアは目を見開く。

(美味《うま》い……！　生地に混ぜ込んだ絶妙な酸味のスパイスが甘さを引き立てている！　それでいて後味はさっぱりして生地の邪魔をしていない……！　それだけに飽き足らず)

バチバチバチッ！　と口の中で弾《はじ》ける爆発キノコの食感。

口の中で爆発するキノコの旨味《うまみ》をタルト生地が包み込み、サファイアフィッシュの淡白な味を際立たせ、どんどんキッシュを口に運びたくなる。さらに驚くべきは――

「同じキッシュでも食べる場所によって味が違う……？　まさか、これは……⁉」

隣のキール女史が呟いた言葉に、オフィリアは続けて頷いた。

「タルト生地に仕切りを入れて五等分にしたのだろうな。そうすることで一切れごとに違った旨味、違った味が楽しめるから、味に飽きない。噛んで美味《おい》しく、見て楽しめ、口の中で互いの美しさを引き立て合っている。『姫君の薔薇《キッシュ・ド・ローズプリンセス》』とはよく言ったものだ」

「ノン。この料理の真価は、そんなものじゃない」

サリアが微笑み、指を鳴らした。

「散華」

その瞬間、キッシュの上に咲いていた薔薇が砕け散った。

きらきらと舞い散る光の粒は、キッシュに触れた瞬間、溶けて味を変化させ、あるいはキッシュをコーティングし、テリーヌのようなしっとりとした味わいを持たせる。

「ふむ。キッシュの中に魔法を仕込んでおいたのか」

「ん。これはアマネのアイディア」

食べる者に驚きと感動を与える素晴らしい一手だ。

一切れごとに異なる魅せ方をするキッシュはキャスト。

そこは客の目を楽しませ、食欲をくすぐり、手が止まらなくなる食の遊園地《テーマパーク》！

「素晴らしい！　素晴らしいぞ、さすがは勇者の末裔《まつえい》だ！　こう来なくては！」

「アマネ嬢も見事だ。さすがは我が学院きっての『甘姫』だな」

絶賛するキールとオフィリアの隣で『食の調停者《シン・アーキボルク》』が冷静にキッシュを分析する。

「そして、魔食効果のほうだが……」

ドクンッ、と審査員たちの心臓が脈を打つ。

五原色が身体から発光し、三人の身体に変化が訪れた。

「……ふむ。さすがは我が姪。また一つ腕を上げたようだな」

シンが目を閉じ、おのれに起きた変化を分析する。

「『滋養強壮』『精神安定』『肌質改善』『増毛効果』『血液増量』……といったところか？　三ツ星効果が一種、四ツ星二種、五ツ星二種。これほどの魔食効果を組み合わせるには繊細な魔力コントロールと緻密な調理技術が要求される。いや、魔食効果だけではない。それを受け止める料理の水準もプロ並みと言っていいだろう。むしろ、この土台があるからこそ魔食効果が遺憾なく発揮されている――アマネといったか。サリアに負けず劣らず、良《い》い腕をしているな」

シンがそう評すると、キール女史が満足げに口元を拭った。

「ふむ。魔獣料理として文句ない出来栄えだ。学院のレベルを甘く見ていたようだな」

「フフ。この私が運営していることを忘れてもらっては困るな、キールくん」

「だが、これだけ完成度が高い料理を出されると……次はどうなるものか」

呟き、キール女史がレンたちに目を向ける。

「いくら『伝説の再来』とはいえ、魔食効果がないのでは魔獣料理としては落第だ。さらにその相棒は何かと魔力を暴走させていると噂の『暴姫《タイラント・クイーン》』……期待はできんな。しかも、食材は蜥蜴牛《リザードファング》だ。私はあのパサパサした肉が嫌いなのだよ」

「嫌いなものは食べたくないと。冒険は嫌いかい、キールくん?」

「一品目の満足度が高かったからな……尚更《なおさら》そう思うよ」

ふふ。とオフィリアは期待に胸を膨らませる。

「この戦いで彼らは大きく成長した。期待していいと思うよ? ルーシーもまた、私の自慢の生徒だし……少年が『伝説の再来』と呼ばれる所以が、本当に瘴気を浄化するだけなのか。その舌で、私と共に確かめようじゃないか。ねぇ、シン・アーキボルク?」

オフィリアの言葉に、レンは飛び上がった。

「え⁉ なんであいつがここに居るんだ⁉」

「ちょ、今さら気付いたの⁉」

「いやだって調理に夢中だったし……」

まさか誰よりも苦手な男に見られているとは思わず、レンの身体は強張《こわば》った。

当のシンは「ふん」と鼻を鳴らし、侮蔑したように告げる。

「相変わらず視野が狭い。これでは料理もタカが知れたものだな。愚息」

「……っ」

レンは思わず足を引いたが、隣にルーシーが居ることを思い出し、胸を張る。

なぜか分からないが、彼女の前でカッコ悪いところを見せるのは嫌だった。

──ビビるな、まっすぐぶつかれ、俺！

「……ハッ、言ってろ、クソ野郎」

レンは力強く足を踏み出し、胸を張った。

「俺たちの料理はお前なんかに負けねぇよ。美味いって言わせてやるから覚悟しろ！」

シンは目を丸くし、「……フ」と挑発的に頬を緩めた。

「ならばその言葉、確かめさせてもらおうか」

『さぁ、次の実食です！　料理のほうをお願いしまぁ──す！』

「と、とくと味わうがいいわ！」

上擦った声でルーシーがドームカバーに覆われた盆を運ぶ。

見ているほうが緊張してしまう有様《ありさま》だが、それでも料理を運ぶ手だけは震えず、自信にあふれたものだった。

「『伝説の再来』か……どれだけ調理技術があっても、あれではな」

「魔食効果がないとね〜魔獣料理としちゃ無理っしょ。キールちゃんの言う通り」

観客席からのヤジに負けず、ルーシーが息を吸った。

銀色のドームカバーが外され、中身が露わになる。

「どうぞ、ご賞味あれ。これがあたしたちの……『花火肉のオムライス』よ！」

「……！」

白い皿の上で、ふわりと卵の焼けたいい匂いが広がる。

栗色《くりいろ》のソースには生クリームが添えられ、綺麗にまかれた卵の上にはパセリが彩りを与えている。プロのものと遜色ないオムライスに対し、審査員たちは。

「……見た目は普通だな。可もなく不可もなく、か」

「見た目はともかく、いい匂いだ。美味しそうじゃないか」

キール女史の辛辣な物言いにオフィリアが迂遠《うえん》に同意する。

減点ともとれる発言に、スタジアムの生徒たちも囁《ささや》きだした。

「つーかさ、こんな晴れ舞台で庶民《オムライス》の料理とか馬鹿じゃねぇの？」

「ほんと無駄な足掻《あが》きっつーか。早く諦めてたら恥かかなくて済んだのに」

口々に囁かれる声にルーシーは「ぐッ」と奥歯を噛みしめ、アマネが笑みを深める。

い、いや。

それでも。

(自分を信じろ。そうだよな、ルーシー)

緊張しつつも不安はなく。レンは一人、審判が下されるのを待つ。

『見た目はアマネ選手たちが優勢のようですね！　さてさて、味のほうは――？』

実況が声を発すると同時に、キール女史がオムライスにスプーンを入れた。

その瞬間、とろりとした卵があふれ出し、お皿全体に広がる。

「火加減は文句なく合格。さて、それ以外は――？」

キール女史の鋭い目が光り、嫌そうにすくったオムライスが口元に運ばれる。

はむ、と審査員たちが同時に頬張ったその瞬間。

静寂が訪れた。

黙々と、審査員たちはオムライスを口に運ぶ。

『………え？』

誰も言葉を発さない。

「「「………っ」」」

審査員たちのスプーンは止まらず——どころか、徐々にスピードが上がり始める。

レンとルーシーは顔を見合わせた。アマネが祈るように手を組む。

審査員たちの異常なまでの沈黙に、実況がしびれを切らした。

『あ、あのー！　何かコメントをお願いしますぅ。ちょっと間が持たないでーす』

「不味すぎて言葉もねぇんじゃねぇの」

スタジアムから飛んだ罵声に、どっと笑いが沸き起こる。

スプーンを置いたキール女史が立ち上がり、吐き気を堪えるように口元を押さえた。

「………いっ」

その、次の瞬間だ。

「美味い！　なんだ、何なんだこれは……⁉」

「「!?」」

　実況と観客席がどよめいた。

　興奮した様子のキール女史は頬を赤くして力説する。

「オムライスの王道を往くふわふわの卵とパラパラのライス！　これだけでも驚嘆するほどの腕前だが、このオムライスはそれだけじゃない。まるで旨味の爆弾だ！」

「うん。ライスの中に潜んだカリッとしたミートボールが絶妙な食感だね」

　キール女史の言葉に続き、オフィリアは恍惚《こうこつ》とした表情を見せた。

「ミートボールにチーズやスパイスを仕込んだね？　普通はここまで濃い食材を組み合わせればスプーンが進むにつれ飽きてくるが、いろんな味のミートボールがあってまったく飽きない。まるで、舌の上で色とりどりの花火が打ち上げられているみたいだ」

『おぉ――――ッとぉ！　大・大・大・好・評！　劣勢と思われた二人は、天才たちが作ったキッシュの余韻を吹き飛ばし、審査員の口を花火模様に染め上げたぁ――――！』

「な、ぁ」

　アマネは口をぱくぱくさせている。レンはひとしれず拳を握った。

　そんなレンたちを一顧だにせず、再びキール女史が喉を唸《うな》らせた。

「それに、なんだこれは。蜥蜴牛《リザードファング》の肉はパサパサして繊維が多く、噛んだ瞬間に歯に挟まるから大嫌いなんだが……そんなものは一切ない！　むしろ噛めば噛むほど旨味があふれてくる！　これは本当に蜥蜴牛の肉なのか⁉」

　オフィリアが笑った。

「監視ゴーレムが確認しているから食材の偽装は不可能だよ。キールくん。恐らくこれは、少年独自の狩猟法だ。しかも肉の質にあぐらをかくだけじゃない。ソースとの絡みも良い。胃もたれしそうな脂分をソースが上手《うま》く消し、弾ける脂身を楽しませてくれる。次のミートボールを探す楽しさもあるね」

「それは分かる、分かっているが……！」

　キール女史は立ち上がり、レンを睨《にら》みつけた。

「あの短時間でここまで深みのあるソースを作るには材料が足りなかったはずだ。どうやった⁉」

「そんなの、誰でもできるけど？」

　レンは食材を置いている台座の中から、一つの野菜を取り出して見せる。

　それは――

「た、玉ねぎ⁉」

「そう。この玉ねぎを入れるだけで、味が劇的に変わるんだ」

　レンたちがオムライスのソースに使ったのはケチャップではなく、デミグラスソースだ。もちろん最初から煮込む時間はなかったため、運営が用意した市販の調味料である。

だが――

こういった市販のソースも、ひと手間かけるだけで別次元に進化する！

「デミグラスソースを溶かすだけじゃなく、最初にオリーブ油で玉ねぎを炒めておくんだ。そうすることで、玉ねぎに含まれる成分が体内に吸収されやすくなるし、甘みが増して味に深みができる。あとはワインを入れてフランベして、ソースを入れて煮込んでからバターで仕上げれば短時間で旨味も増す。生クリームもかければ見た目も綺麗だし」

これはオムライスだけではなく、デミグラスソースを使うすべての料理に応用できる方法だ。ハンバーグを作るために野生の玉ねぎを採取していて助かった。

もちろん、ライスを炊く時に水を少なめにしてケチャップを入れたり、卵に牛乳を入れてふわふわ感をプラスしたりといった工夫も忘れていない。特にミートボールはこのオムライスの主役だ。より審査員たちに楽しんでもらえるよう工夫を凝らし、中身を七種類に分け、練りこむ野菜なども変えた。中身ごとに揚げ時間も変えている。

レンは得意げに笑う。

「な？　誰でも簡単にできるだろ？」

「「「誰でもできるか、そんなことっ！」」」

この瞬間、スタジアムに居る全員が心を一つにしたように叫んだ。

「トラブルが起きた直後にそれだけのレシピを考え出し」

「たった二十分で炊飯と野菜の調理・ソース作り、余ったハンバーグをミートボールとして仕込み直し、あまつさえ一つ一つ味を変えて揚げるだと⁉」

「言ってみればそれだけ。しかしそれがどれだけ難しいことか！　しかも、誰も知らない蜥蜴牛の狩猟法だと⁉　なんなんだあいつは！」

スタジアムにいる者たちが口々に憤慨する。少なくとも自分にはできないと。

天才たちが作り出した空気をぶち壊し、落ちこぼれが創意工夫を以《もっ》て織りなした料理が、スタジアムの空気を作り変えている。誰もがレンたちの調理に呑まれていた。

「ですが、そんなことは結果に関係ありませんよね？」

アマネの冷たい声がスタジアムの空気をぶった切った。

「どれだけ味に優れていても、勝負は魔獣料理。魔食効果がなければその存在は無意味！　ただ美味しいだけの料理がわたしたちの料理に勝てるわけがありません！」

「同意。私たちの料理には五つもの魔食効果がある」

サリアも同じく、微塵《みじん》も負けを疑っていない様子だ。

そう、食材調達、調理技術、味、香り。すべてが互角ならば——

勝負の行方を決めるのは、魔食効果の多寡、その一点！

そしてその一点において、サリアたちの敗北はありえない。

勇者の一族のサリアと、お菓子料理の天才アマネ。

二人が作り出したキッシュは、プロを超える魔食効果を持っているのだから。

「レンさんが『無色』である限り、どれだけ美味しかろうがわたしたちの勝ちです！」

「――いいえ。それはどうかしら」

ルーシーは不敵に微笑んだ。

その瞬間、爆発するような魔力の奔流が審査員の席から吹き荒れた！

『な、なんだ⁉』

観客席の視線は身体が七色に光る審査員たちへ向かう。

「こ、これは……！」

「魔食効果だ」

驚愕に打ち震えたアマネが一歩下がる。シンは目を閉じながら、

「『再生促進』『身体活性化』『並行思考能力強化』『魔力強化』『心気高揚』『神経伝達速度強化』『消化促進作用』……このオムライスには、七つの魔食効果が付与されている。それぞれ七ツ星一種、五ツ星二種、四ツ星二種、三ツ星二種といったところか」

『⁉』

「ど、どうして……レンさんは無色だったはずでしょう⁉」

「そうだ。愚息は『抹消魔力』の体質を持つ。調理した魔獣の魔力を浄化し、消し去る。故に魔力によって発生する魔食効果は打ち消される……はずだった」

「だが、今回は違った。ルーシー・ハルクヴィルが居たからだ」

シンの言葉を引き継ぎ、オフィリアが言った。

「そもそも彼女が『暴　姫《タイラント・クイーン》』と呼ばれる所以は性格もさることながら、ありあまる魔力に由来している。同世代と比べても突出した彼女の魔力は魔獣の魔力を引き出しすぎて、過剰な魔食効果を発動させてしまう。だが少年の抹消魔力と合わさることで」

「彼女の魔力を適度に打ち消し、絶妙な塩梅《あんばい》に仕上げた。『抹消魔力持ち』という愚息の欠陥と、無尽蔵の魔力量。二つが嚙み合ったことで生まれた奇跡というわけか」

「いや、だが。七つの魔食効果を付与するなど、一体どれほどの魔力が必要に――」

ハッと、キールは目を見開き、懐を探った。取り出したのは、かつてグレイスが見せつけてきたモノクル《測定眼》だ。大調理時代が誇る魔導具が、暴姫の魔力、その実体を暴き出す！


「……………………は？」

思わず、キールは測定眼を取り落としそうになった。

わなわなと唇を震わせた彼女の目はルーシーを映している。

視界を魔力のオーラが埋め尽くし、モノクルに映る数値は上がり続ける。

一万、五万、十万、三十万、五十万、九十万……！

「ほ、保有魔力、百万オーバーだと⁉」

「「はぁ⁉」」

大調理時代における最高値が記録された瞬間を、キールは目にしていた。

一方、アマネは見せつけられた魔力に全身の寒気が止まらなかった。

味、調理において互角かそれ以上かもしれないとは思っていた。

だが、ルーシーには絶対にゆるぎない魔力量というアドバンテージがあった。

レンが七千、グレイスが七万、サリアが三十万と考えれば、驚嘆すべき数値だ。

(魔力が多いことは分かっていた……けれど、あまりにも多すぎる‼)

「ルーシーさん、レンさん。あなたたちは、この結果を予想していたというんですか⁉」

レンはぽりぽりと頬を掻《か》いて、

「……いや。まさか魔食効果が出るなんてな。俺も予想外だ」

「あたしは予想していたけどね！　あたしとレンの絆《きずな》の勝利ってやつよ！　ふふん！」

「「絶対嘘《うそ》だ……」」

スタジアムに居る者たちの心が再び一致した、その時。

審査の総まとめを終え、実況が声を張り上げた。

『さぁ！　総評が出揃《でそろ》ったところで、審査のほうに参りましょう！』

だだん、とスタジアムに設置された映像水晶がレンたちの顔を映し出す。

『現在、迷いの森での狩猟得点はわずかにアマネ、サリアペアがリード！　しかし、調理の結果によってはすぐにひっくり返る差です！　それでは御三方！　ご投票お願いします！　天才と天才が作り出した『姫君の薔薇《キッシュ・ド・ローズプリンセス》』か、特異すぎる魔力持ち二人が生んだ奇跡の料理！　『花火肉のオムライス』か！　さぁ判定は——いかにっ！』

実況の声が途切れ、痛いほどの静寂がスタジアムに広がった。

たった一瞬が永遠にも感じられるほど引き伸ばされ、レンは目を瞑る。

奇跡が起きたとはいえ、魔食効果はただ多ければいいというものではない。

その精度と効果の度合いによって、魔獣料理の評価は大きく変わる。

そういう意味では、結果がどう転ぶか分からない。

ぎゅっと、ルーシーがレンの手を握ってきた。

緊張で震えた手から、互いの心を通じ合わせる。

（レン。あたし、どんな結果になっても後悔しないわ）

（俺もだ。やれるだけのことはやった）

（あとはもう、祈るだけ））

力強く手を握り返しながら、レンはじっとその時を待つ。

だだん！　と派手な演出音と同時、映像水晶が結果を映し出した。

そこには──

「な、ぁ、ぁ……！」

誰もが驚き、誰もが納得の頷きを交わす。

力を溜《た》めるように拳を握った実況の声が、天高く木霊する。

『圧っっっ勝！　なんと、三対〇！　まさかの大逆転！　下馬評を覆し、襲い来る逆境をものともせず勝利の栄冠を手にしたのは──ルーシー選手たちだぁぁあああ！』

わぁぁあああああああ、と観客席が沸きに沸く。

レンは映像水晶を見たまま固まった。

「勝った……」

瞼《まぶた》をこすり、もう一度見る。夢ではない。

「本当に、勝った……勝てた……！」

「レン！」

じわじわと実感がこみ上げてきたレンの胸に、ルーシーが飛び込んできた。

「うお⁉」

レンの胸に頭を擦《こす》り付《つ》けながら、彼女は喜びに咽《むせ》び泣《な》いていた。

「やった、やった……！　本当に勝てた！　レン、全部あんたのおかげよ！」

「……馬鹿やろ。二人で戦ったんだよ」

レンの抹消魔力だけでは勝利は絶望的だった。何よりレンはおのれを諦めていた。ルーシーの発破や、彼女のありあまる魔力、諦めない心こそがこの奇跡を起こしたのだ。

「俺のほうこそ礼を言うよ。ありがとう」

「レン……」

「もう一度、頑張ってみる。魔食効果はないけど、やっぱり俺、料理が好きだから」

「うん。あんたならやれるわ。あたしの相棒だもの」

ルーシーの上目遣いに、レンは胸のドキドキが止まらなかった。

やがてゆっくりと、二人の距離は近づいていき——

「そん、な……」

アマネの声が、彼らを現実に引き戻した。

我に返ったルーシーが慌ててレンから距離をとり、髪をいじりだす。

気まずげな二人が視線を向けたのは、地面に膝をつき、項垂《うなだ》れたアマネの姿だ。

「卑怯《ひきょう》な手を使って、罠《わな》を張り巡らせて、勇者の一族と組んで……友達を裏切ってまで勝利を優先したのに……これじゃ、わたし、なんのために……」

「そんなに言うなら、食べてみれば？」

アマネに近づいたルーシーが、余分に作ったオムライスを差し出す。

「食べてみれば、きっと分かるわよ」

「…………」

アマネは幽鬼のように顔を上げ、ゆっくりとオムライスに手を伸ばす。

はむ、と口にした瞬間、彼女の目から涙があふれてきた。

（あぁ、そうか……）

ひと噛みするごとに幸せな味が口の中いっぱいに広がる。カリッと揚がったミートボールが、野菜をそれぞれ引き立て、口の中で手を取り合って胸を温かくさせる。

まるで、魂を故郷へといざなう天使のささやきのよう。

（わたしの料理は……冷たかったんだ。審査員の気持ちも考えず、ただ勝負に勝てる料理を作って……でもこの人たちは違う。食べた人《食べる人》が幸せになれるよう、いっぱい考えた）

それは猟理人としての、愛の有無。

手段として料理を使うアマネと、料理そのものが大好きな彼らの違い。

クズの手下に成り下がったアマネが、彼らに勝てるわけはなかった。

「あなただけのせいじゃない。私たちは二人で一人」

アマネの肩に、サリアが優しく手を置いた。

「私も、修業不足だった」

「サリアさん……」

でも、とサリアは泣きそうなくらい肩を震わせながら、気丈に顔を上げる。

「次こそ、勝つから」

「上等だよ。いつでもかかってこい」

サリアの視線を真っ向から受け止め、レンは言った。

「サリアだけじゃない。お前もだぞ、アマネ」

「レンさん……」

「言っただろ。俺が、俺たちが全部救ってやるってな」

「……っ、でも、いくらレンさんでも、貴族の権力には……！」

「それこそ心配いらねぇよ。なぁルーシー？」

「あったりまえよ！」

胸の前で腕を組んだルーシーがアマネに手を差し伸べる。

「成り上がり貴族を舐《な》めないでよね！　あんたも、あんたの家も全部助けてあげる！」

「で、でも……」

「せからしか！」

叫び、ルーシーは無理やりアマネの手を取った。

「あたしを、友達を頼りなさいよ！　困ってるんでしょ⁉」

「ぁ……」

「あたしにできることならなんでもやるわよ。できないことはレンがやってくれるわ！」

アマネの視線がレンに向く。レンは頷いた。

「ま、俺は普通の猟理人だからな。クラーケンを倒すくらいしかできねぇけど」

「「「普通はクラーケンなんて倒せねぇんだよ!!」」」

クラーケン程度を倒せると言っただけでなぜか周囲は突っ込んだ。

首を傾《かし》げていると、アマネは縋《すが》るような目をルーシーに向けた。

「いいんです、か……？　わたし、あんなに酷《ひど》いことしたのに……」

「あたしたち、友達……ううん、親友でしょ」

「……っ」

繰り返し、ルーシーは告げる。

優しく手を差し伸べ、誰よりも厳しく、彼女の背中を叱咤《しった》する。

闇の中にいたレンを引っ張り出したように、今度はアマネに手を伸ばすのだ。

「早く起きなさい。あんた、準優勝なのよ。胸を張らなきゃダメ」

「……はいっ」

アマネは憑《つ》き物《もの》が落ちたように立ち上がり、ルーシーの手を取った。

◆

（良かったな、アマネ）

無事に和解した二人にホッと息を吐き、レンはその場を後にする。

入場ゲートをくぐると、背中に声がかかった。

「――覚悟はできているんだろうな。愚息」

聞き慣れた声。実家にいたころ、この声は恐怖そのものだった。

「……あぁ」

振り向かず、レンは応える。

嫌というほど訊《き》いた声は厳しく、いつもよりさらに冷たい怒気を纏っている。

「欠陥持ちとはいえ、お前は勇者の一族だ。魔獣の瘴気を浄化する特異体質……その力が公のものになった以上、国際魔獣料理連盟《ユニオン》の許可なしに振るうことは許されん。私は【七食聖】の一人として、お前を連れ戻さなければならん」

「……分かってるよ」

国際魔獣料理連盟にとって自分は彼らの権勢をおびやかす爆弾だ。

自分の存在が知られれば、実家に連れ戻されるかもしれないとは思っていた。

けれど、本音を言えばもう少しルーシーと一緒にいたかった。

彼女の夢を、そばで支えてやりたかった。

だが――どれだけ逃げても、自分は勇者の一族だ。

もう一度猟理人として歩もうとしている今、その宿命からは逃れられない。

「どこへなりとも連れて行けよ。俺はもう逃げない」

「……言うようになったな。若造が」

男は——食の調停者《シン・アーキボルク》は壁に預けていた背を離し、レンの前を歩き出す。

かつ、かつと、何も語らぬ男に、レンは諦め交じりに息をこぼした。

もっと何か言うことはないのかだとか、言いたいことも山ほどあったけど。

今さら、この男の言葉なんてもらっても——

その時だ。ピタリと、男の足が止まった。

「……お前はまだまだ未熟だ。外の世界に出るのは早すぎる」

「……そうかよ」

「私は」

言おうか言うまいか、彼は迷っているように見えた。

やがてため息をつき、彼は天を仰ぐ。

「お前は、猟理人になどならないほうが幸せになれると思った」

「え」

レンは絶句した。シンは言葉を選ぶように言う。

「知っての通り、勇者の一族は縛られている。特にお前の体質は特殊だ。それが公のものになれば、世界が放っておかないだろう。監禁されてもおかしくはない。そんな生活を送らせるくらいなら……せっかく才能がないと思われているなら、好きなことをさせたほうがいいと思った。そうすることが、父としてお前にしてやれる唯一のことだと思った」

「でも、俺はっ！」

「あぁ、お前は料理が好きだった。お前は、おのれの意思で世界に飛び出し、友を得て、成長し、歩き出した。結局、私の行いは親の押し付けで、自己満足でしかなかったな」

今さらの話だ。そんなことを言われても、自分勝手としか思えない。

自分が辛《つら》かったのは事実で、彼は一番助けてほしかったときに助けてくれなかった。

だからこんなことを言われても許すつもりもないし、ましてや、好きになんて。

「強くなったな、レン」

――なのに、なんで。

「今まですまなかった。美味かったよ。さすがは、私の息子だ」

――なんで、こんなに目が熱いんだろう。

「……早く行くぞ。迎えが待っている」

そう言って、シンは足早に歩き出す。

まるで逃げるようなその仕草に、レンはしばらく顔を上げられなかった。

「んだよ……今さら、父親面しやがって」

視界がにじむ。胸が熱くなって、雷に打たれたみたいに身体が動かなかった。

ぽろぽろと、涙がとめどなくあふれてくる。

「だいっきらいだ。クソ親父……！」

ぐすん、と鼻をかみ、ごしごしと袖で涙を拭ったレンは歩き出す。

足取りはなぜか軽く、胸のなかはスッキリしていた。

「――レン！」

後ろから呼び止める声。

振り向けば、不安そうにこちらを見るルーシーが居た。

「ど、どこに行くの……？　あ、あたしと、これからも、一緒に……」

「悪い。それは無理なんだ。俺は……勇者の一族だから」

ルーシーはくしゃりと表情を崩し、

「いや、いやよ。あたし、せっかくあんたと仲良く……一緒にやっていけると、思って」

「ごめんな。でも、お前なら大丈夫だよ」

ポロポロと涙を零すルーシーに歩み寄り、レンは彼女の頭を撫《な》でた。

「お前はすごい。お前の料理はきっといつか世界を変えてくれる。俺はそう信じてる」

「レン……それでも、あたしはあんたと……！」

「なら、待っててくれ」

「……え？」

戸惑ったように顔を上げたルーシーに、レンは告げる。

「必ず、お前のところに戻る。それまで、待っててくれないか」

「ぁ」

ルーシーは唇を震わせた。

何かを言おうとして、口を閉じて。

きゅっと口元を結んだ彼女は涙を拭って瞳に光を宿す。

「フン。せいぜい早く戻ってくることね。あたし、あんたが戻ってくるまでにすっごい猟理人になってるから！　みんなが頭を下げてバディを組んでくださいって言うくらい、強くて綺麗な猟理人になってるから！　だから……だから、早く、戻ってきなさい！」

「ん。了解だ、相棒」

レンは笑い、背中を向けた。

これ以上名残惜しくなる前に、足早にルーシーから離れていく。

もう言葉はなかった。言葉を交わさずとも、二人は心で通じていた。

「……言い残したことはないの？」

父と同じ馬車に乗り込むと、サリアがいた。

「あぁ、ないよ」馬の嘶《いなな》きと共に走り出す馬車。レンは窓枠に肘を置いて笑った。

馬車は速度を上げ、徐々にスタジアムから遠ざかっていく。

サリアは仕方なさそうに微笑み「でも」と窓の外に目を向けて。

「彼女のほうは――まだ言い足りないみたいだけど」

「レ――――――ンっ!!」

「え」

窓の外を見る。全速力で走ってきたルーシーが馬車に追いついてきた。

がたりと、窓から身を乗り出す。馬車に並走するルーシーは光の粒を散らしながら、

「レン！　あたし、強くなるから！　もっと、もっともっと、あんたの隣に立つ女に相応《ふさわ》しいように、強くなるから！　『女神の猟理人』になれるように、頑張るからっ！」

「俺も！」

気付けばレンも叫んでいた。

「俺も、もっと強くなる。お前の隣に立てるように、調理の腕も、狩猟の腕もあげる！『女神の猟理人』のバディに相応しい男に、きっとなる！」

「約束よ、絶対、絶対帰ってくるのよ!?」

「うん。約束だ。お前のところに帰るから！」

馬車とルーシーの距離はどんどん離されていく。

互いに手を伸ばす。

伸ばした手は触れ合う寸前で離され、やがて遠ざかっていく。

ルーシーは立ち止まり、声を張り上げた。

「またね、レン！」

「あぁ、またな！」

豆粒のように小さくなったルーシーに、レンはずっと手を振っていた。

彼女の姿を目に焼き付けるように、ずっと。


「行っちゃった……ハァ、ハァ……結局、言えなかったわね……」

息を整えたルーシーは、地平線に消えた馬車を思う。

1ヶ月にも満たない短い時間で自分の心を占めるようになった相棒の姿を。

「でも、どうせ素直になれないんだし……今なら、言えるよね」

きっと、もう会えない。

会えたとしても、いつ会えるか分からない。

じわりと涙がにじみ、俯《うつむ》き、唇に手を当て、彼女は顔を上げた。

「あたし、初めてだったんだから。責任、取ってよね」

既に見えなくなった馬車の中から、なぜだかレンがじっと見つめている気がした。

ぽろぽろと、大粒の涙に濡《ぬ》れた口元が笑みを作る。

「大好きだよ。あたしのヒーロー」

風がささやきを拾い、遠い彼方《かなた》へ運んでいく。

茜色《あかねいろ》に照らされた彼女の姿を、太陽だけが見守っていた――

◆終章　そして彼らは、歩き出す。

【上級貴族グレイス・マッケローニ、救貧院脅迫並びに収賄の疑いで逮捕！】

『先日、世界魔獣料理大会学生枠選抜予選においてアマネ・シンフィールド氏が告白した貴族による収賄事件。当初、大会運営が捜査を行ったものの、証拠が見つからず立件できなかった。しかし、かの有名なシュナイダー家の嫡男が独自に調査を行ったところ、処分済みの証拠書類が続々と発見、当局に提出され、証拠隠滅に関わっていた捜査官を含めて今回の逮捕に至った。救貧院の脅迫と参加選手の行動制限、また道具類が爆発するように細工したという、大会の公平性を大きく損なう事件を国際魔獣料理連盟は重く受け止め、同氏を海産調理都市から追放することを決定。組織の信用を著しく損なわせたとしてガリア王国最高裁判所へ告訴する予定だ。なお、同氏に協力した連盟の幹部は――』

　バサリ、と新聞を折りたたみながら、一人の少女は肩の力を抜いた。

「これにて一件落着、グレイスはもうどこにも居ない……」

　桃色の髪を揺らした少女は買い出しの品を抱えながら、

「自業自得ですね。ざまぁみろ、です♪」

　今後、彼はもう二度と包丁を握れないだろう。

だ。


だが、そんなことは知ったことではない。悔い改めようとアマネは彼を許さない。

「それよりも、ルーシーさんに借りができました……この恩、どう返したらいいか」

ここ最近、アマネの頭を悩ませているのはその問題である。

大会の学生枠を勝ち取ったルーシーが大会準備資金を救貧院にすべて寄付してきたのだ。

本来はその後の大会準備に向けて使うはずの資金であるものの、彼女は学院長に支援してもらうから必要ないという。額が額だけにこの借りは大きい。

「あの人も居なくなりましたし、これからどうするつもりなんでしょう……」

本戦開始まで残り一ヵ月だが、アマネは心配で仕方ない。

もしも『彼』が帰ってこないのなら、彼女一人で大会に臨むのか――そう考えた時、

「どいてどいてどいてぇ――！」

もはや学院恒例となっている、荷車が走ってきた。

太陽のような明るい髪を振り乱す彼女は予鈴ギリギリに魔獣食材を搬入する。

誰ともぶつかることなく仕事を終えた彼女は「ふぅ」と息を吐き、瘴気《しょうき》を浄化する祭壇に食材を捧《ささ》げて神官に任せたあと、搬入口から出てきた。

「お疲れさまです、ルーシーさん」

「アマネ。おはよ」

「相変わらずギリギリですね。以前に逆戻りじゃないですか」

「うっさいわね。しょうがないでしょ。あいつが……居なくなったんだから」

表情を曇らせたルーシーに、アマネは「しまった」と内心で悔やんだ。

まだ彼女の中では彼の存在が残っているのだ。不用意に触れるべきではなかった。

アマネはかぶりを振って話題を切り替える。

「そういえば、大会の準備はできていますか？　本戦は一ヵ月後でしたよね？」

「まだ修業中。実は今、学院長の下でいろいろ教えてもらってるのよ。『私の教え子たるものある程度結果は残してもらわないと』とか言われたけど……ふぁぁ。眠いのだわ」

「……そうですか。頑張ってるんですね」

「まぁね。いつまでも『暴　姫《タイラント・クイーン》』なんて呼ばせないんだからっ！」

大事な相棒が居なくなっても前を向くルーシーに、アマネは微笑《ほほえ》んだ。

彼女の瞼《まぶた》が赤く腫れていることには気付かないふりをして、二人で校舎へ向かう。

世界魔獣料理大会の学生枠を勝ち取ったルーシーはもちろん、最後まで残ったアマネも注目の的で、何かと話しかけられることが多かった。恐らくグレイスが居なくなったことで枷《かせ》が外れたのだろう。上級貴族に目を付けられることを嫌がっていた生徒は多い。

「ふぅ……知らない人と話して疲れたのだわ……」

「ふふ。大人気ですね、ルーシーさん」

「なんであんたは平気そうな顔してるのよ」

「わたし、愛想笑いは得意ですから」

「発言が黒いのよ⁉」

ギョッとしたように飛び上がったルーシーにアマネは肩を揺らして笑った。

晴れ晴れとした顔を見せるアマネにルーシーはじと目を向ける。

「そういえば、アマネ。聞いたわよ。せっかく復学したバディと別れたんですって？」

「わたしだって不本意ですよ？　ただ彼女、今回のことでわたしにはもっといい人がいるはずって身を引いて……学院長から『手配しているので楽しみに待て』と言われちゃいました」

「製菓でプロに匹敵する貴様のバディか。それは楽しみだな」

アマネとルーシーの会話に割り込む声。

見れば、存在感のある男が教室に入ってきたところだった。

「オルガ・シュナイダー。あんた、もう大丈夫なの？」

「無論。あの程度の傷、俺に掛かれば造作もなく治癒する」

「偉そうなこと言ってるけど、あんたアマネとサリアに負けたわよね？」

ルーシーの呆《あき》れた声に、シュナイダーは苦虫を嚙《か》み潰したような顔をした。

「……失態は認める。まさかあの情報が……」

「あの情報って?」

「簡単ですよ、ルーシーさん。男系貴族のシュナイダーさんは女の子の下着によわ……」

「シンフィールド! 貴様その情報を漏らせば今度こそ八つ裂きにするぞ!」

がるる、と今にも噛みつきそうな表情に、アマネは首を横に振った。

「言いませんよ。あなたには恩がありますから」

シュナイダーはグレイスの逮捕に尽力してくれた恩人だ。彼が家の力を使って圧力をかけてくれなければ、証拠を握りつぶそうとしていた貴族たちは逮捕されなかった。

「……フン。気に入らんが、仮にも俺を倒したのだ。その褒美と思えばいい」

だが、と彼は続ける。

「忘れるな。俺は猟理人として貴様らに負けたわけではない。次は潰す」

「ハッ! 上等よ。やれるものならやってみればいいのだわ!」

「ふん。近いうちにやれるだろう。相棒ともども覚悟しておけ」

最後ににやりと笑って、シュナイダーは自分の席に向かっていった。

「……? 最後の、どういう意味かしら」

「シュナイダーさんですから。特に意味はないかもしれませんよ」

「あんた、結構辛辣よね……」

ルーシーは頬を引きつらせた。

大会を終えて、アマネには遠慮というものがなくなってきている気がする。

それとも、これが彼女の素なのだろうか。だとしたら、良《い》い傾向だとルーシーは思う。

その時だ。がらりと扉が開いて教官が入ってきた。

「皆さん席についてますね？　以前に引き続き、今日は転校生を紹介します」

（また転校生……？　サリアみたいな奴《やつ》じゃないでしょうね）

ルーシーは興味なさげにそっぽを向いた。

どうせ自分の相棒は決まっている。転校生が誰であろうと関わるつもりはない。

そんなことにうつつを抜かしている暇があるなら、少しでも魔力制御の修業を——

「ルーシーさん、ルーシーさん」

「何よアマネ。あたしは忙しいのよ。今日の晩ご飯を考えなきゃいけないの」

「どう見ても暇そうじゃないですか！　そうじゃなくて、見てくださいよ、あれ！」

「え～？　なに。また新しいお菓子でも作った、の……」

アマネに小突かれ、黒板のほうを向いたルーシーは「え」と目を見開く。

「皆さんはもうご存じかもしれませんが、自己紹介してもらいましょうか」

教官の言葉に、転校生は前に進み出る。

ざわざわと、ささやきの波が伝播《でんぱ》する中、彼は教壇に手をついて、

「レン・アーキボルクです。今回、正式にこの学院に入学することになりました」

ぼさぼさの黒髪、引き締まった細身の体躯《たいく》は学院の制服に包まれている。

歴戦の猟理人を思わせる、力強い瞳がルーシーを捉えた。

「『女神の猟理人』を目指すので、よろしく」

「えぇぇぇぇぇぇぇぇぇぇぇぇぇぇぇぇぇぇぇぇぇぇぇ⁉」

がたんっ、と席を蹴飛ばしながら、ルーシーは叫んだ。

「な、な、なんで、実家に帰ったはずじゃ……！」

「んー、まぁな。でも約束したろ？　戻ってくるって」

「言った……言ったけど！　それはあくまで、比喩というかなんというか……！」

「何だよ。俺が戻ってきて不満か？」

「当たり前でしょ！　べ、別に、戻ってきてくれて嬉《うれ》しいとか思ってないし！」

「どっちだよ。お前は相変わらずだな」

二人はそれぞれ歩き出し、互いの距離を埋めた。

「……それで、転校したての俺にはバディが居ないようなんだが」

勿体《もったい》ぶったように、レンが言った。

「俺と一緒に、組んでくれるか、ルーシー？」

水を打ったように周りが静まり返った。

周囲はニヤニヤと成り行きを見守っていて、二人の言葉を待っている。

告白のような空気で問いかけるレンに、ルーシーはかぁ、と顔が熱くなった。

——こっちから言わせようっての？　意気地なし。ばか。あほ。あんぽんたん。

どこまで変わらないんだ、この男は。

ムカついて、腹が立ってどうしようもないのに、口は勝手に動いてしまう。

「あたしの相棒は……今も昔も、たった一人よ」

「じゃあ」

「仕方ないから、もう一度組んであげるわ。ええ、けどこれは仕方なくだから！　別に感動なんてしてないし、ましてやあんたのことなんて大好きじゃないし、あくまで猟理人として尊敬しているだけだから！」

まくしたてるように告げて腕を組み、目を逸《そ》らしたルーシー。

「そっか……じゃあ、よろしくな」

「ふん。こちらこそよ。よろしくお願いするわ！」

ルーシーは唇を引き結んだ。

もう我慢できなかった。

ぶわりと、滂沱《ぼうだ》の涙があふれ出し、ルーシーはレンの胸に飛び込んだ。

ありったけの想《おも》いを抱擁に込めて、満開の花が咲いたように笑う。

「おかえり、レン！」
「ただいま、ルーシー」

終わり。

あとがき

『究極の料理』という言葉があります。しばしば料理を題材にした娯楽で用いられるテーマですが、果たして『究極の料理』とはなんでしょう？　愛情のこもった伴侶《はんりょ》の料理でしょうか。あるいは母の味でしょうか。はたまた、人それぞれが大好きな料理こそ究極という方もいるかもしれません。

しかし、人は変わる生き物です。好みだって変わります。その時々によって変化するものが果たして『究極』と言えるでしょうか？　私見ですが、究極と名がつくからには永遠に変わることのない一品であってほしいです。

さて、こんな問答に向き合うのは非常に面倒なものですが、めまぐるしく変化する時代の中で生きる私たちは時に答えのない問いに向き合わねばならないこともあるでしょう。本作のレンは料理と向き合い続けながらも時に逃げ、悩み、苦しみ、そしてルーシーという光に出逢いました。問い続けていれば、見えてくるものもあるのではないでしょうか。

――そう。それこそが、女神シルヴェルフィーゼのお導きなのだから！

ご挨拶が遅れました。はじめまして、山夜《やまや》みいです。

怪しい者ではありません。新人作家です。

このたびは本書をお手にとってくださりありがとうございました。

ここからは謝辞です。

本書を出版するにあたり、実に多くの方からお力添えをいただきました。

まずは新人賞に選んでくださった編集部様、むらさきゆきや先生、ありがとうございます。

そして改稿にあたり鋭い助言を下さった担当のM氏、おかげでとても美味しい小説に仕上がりました。多大なご迷惑をおかけしましたが、根気よくお付き合いくださりありがとうございます。そして美麗すぎる神イラストを描いてくださったファルまろ先生、一緒にお仕事が出来て光栄でした。最高のイラストです。ルーシーが可愛すぎて萌え死にます。

また、ある日突然作家になると言い出した私を支えてくれた家族、友人、私に関わってくれたすべての方々に厚くお礼申し上げます。

この本を読んだあなたに食欲が湧いて来たなら、これ以上の幸せはございません。

では、またどこかで会いましょう。

二〇二二年十月　山夜みい

講談社ラノベ文庫

英雄失格者《えいゆうしっかくしゃ》の魔獣《まじゅう》グルメ

山夜《やまや》みい

2022年10月31日第1刷発行

発行者	森田浩章
発行所	株式会社　講談社 〒112-8001 東京都文京区音羽2-12-21
電話	出版　(03)5395-3715 販売　(03)5395-3608 業務　(03)5395-3603
デザイン	アオキテツヤ(ムシカゴグラフィクス)
本文データ制作	講談社デジタル製作
印刷所	株式会社ＫＰＳプロダクツ
製本所	株式会社フォーネット社

KODANSHA

ISBN978-4-06-528989-1　N.D.C.913　327p　15㎝
定価はカバーに表示してあります

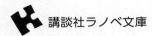